安達與島村 3

入間人間

插畫／のん

Kadokawa Fantastic Novels

請挑選一個
適合我的巧克力
「十四日那天，島村妳有要……
做什麼嗎？」
「呃……妳是想要收到巧克力，
還是送巧克力？」
島村
頭髮染成栗子色，
有點少根筋的女生。
雖然化妝花費的時間比安達多，
卻覺得她比較漂亮。

安達
體型細瘦，沒什麼曲線。
最近因為冒出不該有的想法
而感到苦悶。

「……是不是有點樣子了？」
朝往太陽的光輝，
香水草

編織過去的荊棘，古典玫瑰
「妳也要牽嗎？」
「我……我又不是小孩子。」

以及擁抱聖母的愛，
金盞花
「妳……妳說好好相處，
是怎樣的……」
「咦？也沒有什麼怎樣的，
好好相處就是……
呃……要說得具體一點啊……」

「像是在方向性上……
是友情……之類的……」
「就像這種感覺？」

入間人間
插畫：のん

安達與島村 3

Kadokawa Fantastic Novels

「今天的安達同學」

「島村～！」我以不曾發出的大音量呼喚，從島村身後撲向她。我在島村扛著我的腳揹我的狀態下，露出笑容看向她。

島村也露出微笑回應我。

我作了那樣的夢。

「……………………………………」

我用雙手摀住臉。

「……………………………………」

突然覺得好想死。

第一章

「請挑選一個適合我的巧克力」

不論誰怎麼說，現在都是冬天。肌膚感受到的東西，以及雲朵的模樣都徹頭徹尾是隆冬時期。稍微鬆懈下來鼻子就會冷，上課時不經意地發個呆，眼皮就會變得沉重也是……這部分或許不管是哪個季節都一樣。即使如此，冬天時就是不管睡了多久，還是會特別容易打瞌睡。是身體想要冬眠嗎？我覺得有辦法冬眠的話，那樣也不壞。

這樣的二月四日，一如往常地逐漸邁向日落。

今天的課程終於結束，教室裡的乾涸氣氛也因此鬆弛下來。也有人在課程結束後，為了參加社團活動而馬上奔向外頭。我心想「他們還真是用簡單明瞭的方式在享受青春啊」，目送他們離去。同時走廊上的空氣也竄進教室，那溫差使我稍稍顫抖了一下。氣溫寒冷得讓我實在無法冒出衝向走廊的念頭。

寒假結束時跟暑假那時候一樣，換過了座位。而抽籤的結果，使得我的座位從教室中央變成接近後方出入口。雖然不是什麼特別的事，但我很高興能拉開和講桌間的距離。以往曾有過只是打個哈欠就被老師訓斥的狀況，不過只要拉開距離，老師就不會那麼嚴厲。相對的，只要像現在這樣有人出入，就必須感受到連冬天也一同上門打擾的感覺，因此這也是個令人靜不下心的地方。

「……那麼……」

今天該怎麼辦呢？要直接回家，還是問問安達有沒有什麼事呢？

進到二月以後，安達的樣子看起來就變得和之前一樣奇怪。不過安達不奇怪的時期就只限於我們相遇後大約一個月之間而已，所以或許她在夏天跟秋天以外的時候大都很奇怪也說不定。她還真是個令人傷透腦筋的孩子啊。

「啊。」

我們對上眼了。轉過頭來的安達僵住身子，我也在還沒把課本完全放進書包的狀態下靜止下來。

在以要出聲對話來說稍嫌遠了點的距離下相互凝視，讓我很煩惱該怎麼應對。在我不知該如何是好的時候，安達便壓低視線，開始玩弄起自己的瀏海，於是我也再繼續把課本放進書包裡。

要拿捏和安達之間的距離感也是件比想像中還要困難的事。

在放學後跟午休時，我常常感覺到這種視線。雖然上課時再怎麼說都不會有一直回頭看向我的情形，但取而代之的是她會自己板起臉來，然後突然臉紅，或是趴下來把臉貼在課本上，又或是焦躁地撫摸頭髮，看起來很忙碌。安達正好就像是和我交換般，換到教室中央的座位，所以她那模樣自然會映入我的眼中。由於她的頭會左右移動，坐她後面的女生在抄板書時好像有點辛苦。

「嘿！SHIMA！HINO來啦！」（註：「SHIMA」和「HINO」為「島」和「日野」的羅馬拼音）

有個開朗的傢伙過來了。她的肌膚像是不想輸給那活潑的模樣似的，甚至能看到被曬傷的地方。感覺起來確實不是「日野」，而是「HINO」。她過年似乎有和家人一起出國去玩，不過皮膚還真是黑得徹底。就好像只有她一個人活在盛夏當中。

「妳那什麼半吊子的外國人式打招呼啊？」

她是連腦袋裡都被曬熟，變成外國人了嗎？

「哎呀~因為談到是不是只要換成羅馬拼音，就會變得很像品牌名稱。」

對對對——永藤點頭附和。究竟是從什麼樣的話題聊到那裡去的？

「不過島村還是維持平假名會比較像吧。」

「呃，原本就不是平假名啊。」

對對對——永藤粗略地附和。我連她是在附和誰都搞不清楚。

「順帶一提，我沒有事情要找妳。那再見啦~」

日野揮手離開教室。在連吐出來的氣都會變白的這個季節中，她那背影和背景格格不入。

永藤原本打算跟上曬得熟透的日野，卻像是突然想起什麼事般，停下腳步轉過頭來。這邊這個則是很蒼白。她用手指輕輕抬起眼鏡幾次，向我詢問：

「有在丟嗎？」

「啊？」

這個啊，這個——永藤輕快地揮動右手。往橫向揮動的手臂，以及像是連帶跟著晃動的

胸部吸引了我的注意力。唔……啊，是指迴力鏢嗎？講到「永藤」、「丟」的話，就只有那件事了。

「我妹妹有在丟啊……」

記得當初應該是那樣設定。感覺那個妹妹正看著我們。

「幫我跟她說等她技巧純熟了，我們就來比賽。」

「咦？喔……嗯。」

永藤只說了這些，便追隨日野而去。她還真是留了個令人傷腦筋的留言啊。

我有點無法想像安達和永藤站在一起玩迴力鏢的模樣。

既然永藤想找玩迴力鏢的同伴，那乾脆就和日野一起玩就好了啊。我想大概是日野不肯陪她吧。而且永藤也不會跟日野去釣魚。

那兩個人並非肯定對方的一切，感情卻很要好。我認為這是挺不錯的交友關係。

「……國外嗎……」

有點羨慕。我從來沒有出過國。豈止如此，我連飛機都不曾搭過。不過再怎麼說還是有搭過新幹線——雖然不太懂是為了什麼，但我在心裡建造了類似防波堤的東西。

由於從走廊進入教室，有如冬天集結體的空氣也告了個段落，於是我也打算回家。但就在我正準備離開座位的時候，桌子前面冒出了一個人影。我維持半蹲的姿勢往上看，發現那個人是安達。

「喲呵。」

「安……安安。」

她的招呼聽起來不太自然，像是勉強自己配合我的感覺。我今天午餐是和日野她們一起吃，所以這是今天第一次聽到安達的聲音。而且我想邀安達一起吃午餐的時候，她就連忙逃跑了。

她好像很怕跟日野還有永藤待在一起。不過我也不是不能理解啦。

雖然我跟日野她們是朋友，但不表示安達也是如此。

而那個安達正含糊地、有如嘴巴很沉重似地開口。

「今天……有空嗎？」

「嗯？」

「要不要做點像是出遠門……不對，像是繞路那樣的事？之類的。」

她為什麼就是會想加上「像是」這個詞呢？她著急的講話方式聽起來有些不對勁。

「要不要一起去哪裡的意思？」

安達微微點頭。唔……太冷了我不要——我有一瞬間差點這麼脫口而出，但這樣拒絕的話，她應該會覺得我很冷淡吧，於是我又再重新思考怎麼拒絕。我覺得，「選擇遣詞用字」這部分是人際關係當中最讓人感到精神疲勞的地方。我不是聰明人，所以沒辦法迅速想到可以代替的字詞。

就不能像某某鬥惡龍的主角一樣，用「是」跟「不是」解決一切嗎？

「啊，如果妳很忙的話也沒關係，要不要答應都無妨。」

安達揮手拉起像是預防線的東西。那種有點太過度的預防，是在無法推測和對方之間的距離感時會產生的東西。我能理解不想被對方討厭的心情會先浮上心頭，以及為什麼態度會變得低聲下氣。

但她這麼跟我說，會讓我有點想虛張聲勢，應該說想惡整她。

「這樣啊～哎呀～太好了，其實我今天可是忙翻天了……」

我開心地講著玩笑話，卻發現安達不只完全不笑，還緊閉著眼，一副只要再多說一點就隨時會哭出來的模樣，於是我心慌地改變自己的說法。

「……怎麼可能會很忙嘛。安達妳這個問題還真壞心耶～」

啊哈哈——我連忙打圓場。聽到我這麼說的安達，尷尬地對我說聲：「抱歉。」

……不小心讓她跟我道歉了。呃，我本來沒有那個意思。有如以薄薄紙張拍打臉部般，一股罪惡感掠過肌膚。這麼一來，在氣氛上就變得很難拒絕她。

「剛才那是騙妳的對不起我太囂張了。所以就一起去哪裡逛逛吧。」

我向她道歉，順便答應她的邀約。安達原本緊繃的表情變得柔和，看起來連肌膚都變滋潤了。安達似乎是心情跟情感的影響會馬上顯現在表面的體質。容易理解是件好事。

我在升上高中以後，就變成有點難以理解的傢伙了。這樣不好啊，嗯。

「妳有什麼想去的地方嗎？」

雖然覺得她大概沒有想去的地方，但還是問問看。

「是沒有想去的地方啦，不過……」

「不過？」

因為聽起來感覺還有後續，我便催促她繼續講下去。接著安達就像是咬住圍巾那樣低下頭，然後——

「我有點想……吃些點心。」

她的視線逃往別處，但嘴角卻因為想擺出笑容而抽搐。她的臉還真忙啊。臉的上半部是↓，嘴巴則是往→動，讓我不禁佩服安達的靈巧。

「所以就是安達同學想要吃甜食的意思？」

攝取些糖分的話，可以讓她那微妙的表情得到改善嗎？

安達聽見我這麼說後，不知為何又加進了突然聳肩的動作。

「呃……嗯，點心。」

「不甜的點心？」

「嗯，呃……甜的就可以了……」

安達的嘴部動作相當細微，很難聽清楚句子的最後是在說什麼。

然後，不知為何感覺我們的對話好像兜不太起來。不過我知道她想做什麼了。

去購物中心的話，點心這種東西到處都有在賣。當中大多是甜的，不甜的占少數。應該只要再一起去吃吃甜甜圈就可以了吧。那樣或許不錯。

回憶起來會覺得還不壞的時光逐漸增加，不是件很棒的事嗎？

我至今已經遺忘了許多事。我想今後也會再漸漸遺忘大部分的事情吧。

但我認為，即使如此，只要殘存下來的少許記憶是重要的回憶就好了。

為此必須要先增加美好的記憶這種東西。俗話說亂槍打鳥也會怎麼樣的。

所以，我決定和安達一起度過放學後的時光了。

包含安達行徑可疑這一點，一切一如往常。

從安達騎腳踏車雙載這點來看，我們可能依然還是不良少女也說不定。總之，似乎只要有染頭髮，以我妹的觀點來說就是「不良少女」的樣子。我最近在煩惱著該怎麼處理這頭頭髮。原本的黑色開始摻雜其中，我的頭髮顏色因此慢慢變得像是烤布丁一樣。

該放著不管，還是重新染過？不過半吊子的狀態怎麼說都不太好。

我把目的地交給安達決定，讓她載著我大約不到二十分鐘後，我們抵達了大型的購物中心。這裡是我跟安達在聖誕節時來的地方。由於夕陽開始西沉的影響，寬廣的停車場整體看起來有些昏暗。

腳踏車停車場裡除了我們以外，也有其他穿著制服的人在遊蕩。當中也有其他學校的學生，每個人吐出來的氣都是白色的。看著他們，我的上半身就像是再度確認了肌膚感受到的寒冷般顫抖。好想念暖爐桌。

不過我想也不能馬上就回去吧。我看著幫腳踏車上鎖的安達如此心想。

進到購物中心裡稍微走了一段路後，安達就抓住並不安地舉起我的食指。安達手指的溫度，跟比起外頭還要溫暖許多的購物中心室溫很相近。

「可以……嗎？」

似乎是「可以牽手嗎？」的意思。她也稍微成長到會先問我了……算有成長嗎？

她的臉頰泛紅得像是布滿紅線一樣，是氣溫的轉變所造成的嗎？

「牽吧。」

我一點頭，安達的手就有如剪刀般打開，包覆我的手。安達凝視著我被她握住的手，接著又慌張地把手放了下來。要牽手是沒關係，但我很在意安達變得僵硬的表情。她直直看向前方，應該說她的脖子僵硬到看起來沒辦法轉動，感覺只要碰到臉頰就會發出鏗鏗聲響。她的眼睛更誇張，我甚至沒看到她眨眼，這樣沒問題嗎？

「我們好像是要去吃甜食嘛？」

「嗯。」

安達用不自然的動作點頭……她是不是因為脖子動不了，才沒有發現很不自然？

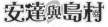

「那邊有賣甜甜圈的店。」

妳覺得怎麼樣？——我伸手指向店面。雖然甜甜圈種類跟車站那間店的不一樣，但這裡的也有自己特有的美味。

而且外皮底下的砂糖凝固程度就像雪一樣，很甜。

不過想到甜甜圈跟安達的話，總感覺接下來會出現的是社妹……會出現嗎？

安達停下腳步，伸長脖子觀察店內。她甚至還伸長了身子。雖然我很不解她到底在做什麼，但還是默默看著她這麼做。我像是被安達拖著走似地，繞到了店面的正前方。位在入口旁邊的這間甜甜圈店幾乎沒有牆壁，在外面都能看見櫃檯的全貌。而這同時代表店員也可以看到我們。

我感覺到有視線投向行徑可疑的安達，以及連帶受到波及的我。可能是因為我們還牽著手，所以格外受到矚目吧。果然很奇怪嗎？很奇怪吧。我不禁把臉撇向別處。

介紹上映中電影的牌子就位在我們的斜後方，一對由上到下看著那塊牌子的男女也牽著手。嗯，那才是普通情況。還有，走向EDION（註：日本連鎖家電量販店）的親子檔也是小男孩跟母親牽著手。雖然他的母親稍微傾斜著身體，看起來會很累，但那也是普通情況。相較之下，我跟安達要牽牽小手相親相愛的話，在年齡上來說稍嫌太大了點。

「唔……」

我不禁露出了苦笑。好像循環的空氣受到我們阻擋而停滯下來一樣，就是一種沒有融入

場面氣氛當中的感覺。只有被握住的那隻手散發著溫暖，強化自我主張。

可是事到如今，就各方面而言都已經沒辦法把這件事當作沒發生過了。人際關係這種東西比起讓它開始，讓它結束遠遠難上了許多。比如說，如果去想「我現在有辦法甩開安達的手嗎？」的話，我辦不到。我是在事情會演變成牽手的狀況下活到現在的。我的昨天，以及明天，都只能交由事態的演變前行。

要從中向外踏出一大步，就需要與其相稱的決心。

我並沒有那麼堅固的東西。

「沒有……」安達小聲說完，便看向我。表情有點不安。

最近的安達面對我的表情大多都是那樣。她以前應該比較冷靜才對啊。

「可能不太好……吧。」

「是嗎？」

雖然不曉得是怎麼回事，總之先接受她的說法。唔……她今天也一樣很奇怪。

「是想吃日式食物之類的嗎？」

「問題不在那裡，應該說……」

問題不在那裡啊——安達像是想這麼說般深思。我才想要對妳表示疑惑呢。

「還是妳有決定好要去哪間店嗎？」

「咦？不，呃，是沒有。」

她也隨口否定了這個問題。我很想問她，到底是用什麼標準否定掉「日式」的。
今天的安達妹妹令人傷腦筋的程度又更上一層樓了。我覺得她偶爾變成容易理解的安達也不錯啊。容易理解的安達……問她什麼都會乾脆回答……那樣就不是安達了啊。
這種微妙地有些不安定的感覺，才是我所知道的安達。
究竟有沒有目的？我沒能弄清楚這點，安達就踏出了腳步，而我則跟隨著她。
「話說回來，我有件事情想問一下。」
「要問什麼？」
「妳覺得我應該把頭髮重新染過，還是弄回黑髮比較好？」
我玩弄著側邊的頭髮，詢問安達。因為自己思考也沒辦法下決定，所以我想徵詢周遭人的意見。接受提問的安達注視著我，從頭看到鞋尖……這問題不用看到腳底也能回答吧。她是不是還有考慮到整體的協調感等問題呢？
安達在仔細觀察後閉上了眼，似乎是在想像兩種版本的我。其實也用不著想得那麼認真啊——我這麼想的同時，因為她毫無戒備地閉上眼睛，看起來好像可以對她惡作劇，使得我也開始思考一些事情。捏她的嘴唇弄成鱈魚子，或是拉她的臉頰弄成鼯鼠等等……想出的主意像小學生一樣，讓我覺得有些不好意思。
在我還在獨自感到難為情的途中，安達睜開了眼。她看著褐色跟黑色交雜的部分，困惑地彎下眉角。

「我沒看過黑的島村，所以很難選。」

「那當然，因為我一直都是有著純白內心的好孩子呀～」

我有一瞬間很想大聲喝斥她，但最後還是用笑話帶過。「黑的島村」這種簡稱聽起來很討厭耶。

BLACK 島村、WHITE 島村。就語感來說，用 BLACK 可能比較好聽。

雖然比較好聽也不能怎樣就是了。

「就，現在變得很半吊子的狀態，所以在想該怎麼辦。」

我用梳頭的動作抓起頭髮，向她說明。不知為何安達伸出了手，接住從我掌心滑落的頭髮。頭髮有如流沙般，在我們的手之間落下。看著看著，突然想起我想要沙漏的事情。我好幾次決定要買，但每次都會忘記。

記憶就像沙子一樣流失……啊，這說法說不定挺妙的。

先不管那個，安達她正熱衷看著手上的我的頭髮。

「怎麼了嗎？」

她看得很專心，甚至讓我以為她是不是對我的頭髮有什麼獨特見解。我出聲向安達搭話以後，她便迅速放下我的頭髮退開臉，迅速說了：「沒什麼。」

看起來不像沒什麼啊——我在整理有些凌亂的頭髮時，差點脫口這麼說，但我把這段話吞回去了。

結果，我仍沒能得到關於頭髮的明確意見，我們就踏出了腳步。

我們經過肯德基前面，經過大戶屋前面，最後再經過涮涮菜（註：日本涮涮鍋吃到飽連鎖店名）前面後，來到了別條路上。我發現通路的右手邊有間非日式的洋式點心店。「這裡如何？」我如此詢問安達後，她又伸長了脖子。那什麼怪習慣啊？在我覺得有點傻眼時，安達便說：「嗯，我覺得不錯。」這次連安達都接受了。雖然我很想問一下她是用什麼標準來判斷，但從她那不穩定的表情來看，應該不太可能願意告訴我。

店面有著黃色的招牌，上頭有鬍子老爺爺的圖像。店名寫著貝……貝兒……貝兒德？BEARD？麵團的香味飄散過來，搔弄著喉嚨深處。店內有賣螺旋麵包跟餅乾泡芙，還有起司蛋糕。的確不是日式，而且也有甜食，應該符合了安達想要的條件吧。

似乎還有以期間限定的名義，在販售內含巧克力鮮奶油的點心。那種點心的顏色很暗，很難跟隔壁賣的花林糖泡芙做出區分。我看向貼在安達的頭後面牆上的海報，發現上面有寫在特定期間內販賣巧克力商品的理由。

因為不久後就是情人節了。

這樣啊，原來已經到這個時期了。要是不買巧克力給妹妹的話，會被她獻唱「小氣鬼之歌」。總覺得今年她旁邊還會再多一個社妹。在我想像那個畫面，並小小嘆了口氣後，安達就開始像螃蟹那樣橫著走路。她握著我的手，大步繞著我走到另一側。

理所當然的，我也被迫要跟著轉一圈。

安達的手開始滲出少許汗水。然後，她又伸長了脖子，以一副像在說「這只是巧合喔」的表情往我身後看去。

就算回過頭，也只看得到直到剛才都還在看的那張海報。

安達一邊凝視著那張情人節限定商品的海報，一邊開口：

「情人節。」

她仍然揚起眼神盯著海報，用假音唸出上面的廣告文字。

「上面這樣寫。」

「是有寫呢。」

我一附和完，安達就打起嗝來了。同時眼神也開始游移。她的動作間隔還真短啊。

「已經是這種時期了……呢。」

嗝。即使想假裝冷靜，打嗝也不允許她那麼做。

簡單明瞭到這種地步，就算是我，也有辦法察覺到是怎麼回事。

「情人節怎麼了嗎？」

我試著對她提出疑問，安達便不知所措到很誇張的程度。

她的舌頭跟眼睛一起陷入混亂，有如在描繪螺旋圖形。她的表情就像馬戲團一樣，熱鬧無比。

「啊，呃……那個……也不是什麼……重要的事。」

嗝。中途夾雜好幾次的打嗝，讓話語碎成了好幾段。

她是為了談這種話題，才約我出來的嗎？看來不接受甜甜圈店的原因，大概和這件事有關的樣子。真難懂……不，應該要說繞太大圈了才對。剛才換位置的時候也是。

難道她有想送巧克力的對象嗎？其實她有男朋友？不，這倒是不太可能。畢竟到目前為止都沒看到那種東西的半個影子，再說，我根本不曾看過安達和我以外的人走在一起。

……除了我以外，就沒有別人了嗎？

這麼一來——

「是要送我嗎？」

我丟出用刪去法得到的答案。安達極度動搖，甚至在嚇了一跳後，差點直接往後仰倒。我立刻拉回握住的手，以防她跌倒。接著安達的腳一滑，她就往我身上靠了過來。安達因此來到了我的胸前。從結果來說，變得很像是我抱住了快跌倒的她一樣。

安達身上的香味，跟洋式點心的香味一同緩緩飄來。

「……………………」

安達一直保持這個姿勢不動，所以我很煩惱該怎麼辦。

因為安達比較高，我沒辦法完全抱住她。而且也無法穩穩抱好她，感覺像抱著巨大的物品一樣。安達睜大了雙眼，就這樣僵住不動。然後經過了一小段時間……唔哇，好誇張，她的耳朵變得紅通通的。變紅的過程簡直就像侵蝕般，一抹紅色向上竄升。我從來不曾看過這

麼激烈的變化。而她的眼睛也在激烈轉動，令人不禁懷疑她的眼睛到底是怎麼回事。

安達按著我的手，以一副感動至極的模樣退開身子。之後她立刻像是突然察覺到什麼事一樣臉色一變，開始抱頭苦惱。接著，她又像在說「不不不」似地用力搖頭。她像彈簧玩具般靜不下來的樣子讓我感到有點驚恐。

因為她的行徑可疑，再加上一直待在店前會妨礙人家營業，所以我決定暫時離開這裡。我張開腳，像螃蟹那樣往旁邊走去，拉開和店面的距離。當然，我也把很忙碌的安達帶走了。洋式點心店的對面是日式定食店，他們的電視螢幕正在播放鮪魚祭的畫面。在那個螢幕的光芒照射下，也是挺沒有氣氛的。

即使如此，可能是遠離了情人節海報的緣故吧，安達似乎稍微冷靜下來了。

今天的目的，還有想說什麼話，這些事的真相都在非常不自然的情況下變得明朗。我好奇接下來會有什麼發展，在一旁靜觀其變。這時，安達張開了她沉重的雙唇。

「十四日那天，島村妳有要……做什麼嗎？」

「是沒有。」

果然是要送我的樣子。而且這種發展跟聖誕節那時候一模一樣。

安達的狀態奇怪到能用肉眼觀察出來時，似乎就是這種時候的前兆。

我今天又學到一個關於安達的知識了。

「沒有的話，我想說那天要不要一起去玩……」

不曉得是不是她自己也覺得要假裝湊巧有困難，話說到一半就停下了。
她不得要領地含糊動著嘴，只有雙眼在向我求援而晃動著。
不僅僅是鼻子上，連手背都變成一片通紅。發紅的程度不輸鮪魚祭。
安達鮪魚——總覺得鮪魚的種類中好像會有這種魚。像是黑鮪魚或大目鮪那種……不要顧著想些蠢事了，如果我不問她些什麼，事態似乎不會有所進展。
「呃……妳是想要收到巧克力，還是送巧克力？」
重點是在這裡嗎？雖然我這麼想，卻還是忍不住問她。
安達慌張地將食指交纏在一起，轉動著。
「妳要給……啊，不，我兩種都……就是……像交換那樣。」
居然兩種都想，意外地還挺貪心的嘛。不過，我大致上知道她想做什麼了。
「嗯～」
友情巧克力嗎？我曾買給妹妹過，但那應該有點不一樣吧。
如果是像日野跟永藤她們那樣的人，感覺每年都會這麼做，不過我跟安達也要？我把我們代入日野她們的立場，想像會是什麼樣子。假設把我代入日野，安達代入永藤……不行，沒辦法像那兩個人一樣輕鬆自然地交換。資歷上的差別相當明顯。
要跟安達相處得更久才有辦法……雖然我這麼想，不過我會跟安達待在一起幾年？到高中畢業？不，運氣差一點的話，也可能升上二年級分到不同班後就不再聯絡了。這種事情以

前發生過好幾次。

小學的時候，要我走進別班教室這件事就像一面高牆，讓我覺得很排斥。大概是教室裡總是會有老師在的關係吧。或許是無法覺得那是自己該待的地方，而感到不自在也說不定。我和朋友曾因為這樣而關係疏遠，我已經想不起對方的名字了。

升上高中後要去別班教室又增添了「麻煩」這個要素，讓我更不想……等等，我在想，感覺就算我們在不同教室，安達還是會跑來找我。那麼一來就和以往沒什麼差別。當我想像那不變的景象，便覺得好像有種安心感。

不知不覺，我跟安達相處的時間也挺久了。相處久了，就會漸漸形成「○○才是安達」這種類似印象的東西。我覺得會想交換友情巧克力頗有她的風格。

只要有機會就想牽手也是，安達會渴望與他人接觸。或許正是因為不習慣和他人共享事物，才會對其產生憧憬。我是不打算把所有事情都怪罪在家庭環境上，但從她跟母親極端冷漠的關係來看，家庭環境確實是原因之一。

不過我不打算擔任「安達的母親」這個角色啦。

「可是妳不覺得，這種東西在當天突然給會令人嚇一跳，很有趣，但是事前先知道的話就會不夠新奇嗎？」

這就像先預告聖誕節的時候聖誕老人會來，而且連會送什麼禮物都在事前講明了一樣。我認為比起實現願望，有驚喜比較令人開心。

會這麼想，可能是因為我從以前就沒有什麼想要的東西吧。

而安達則是對我的意見緩緩搖了搖頭。不是肯定，是否定的意思。

「我覺得先知道比較好。因為知道它確實存在的希望，比較值得人相信。」

「……是那樣嗎？」

嗯，嗯——安達微微點了兩次頭。似乎就是那樣。

那對我來說就像是種不太熟悉的感覺。

「而且，還有一大堆問題……」

安達好像低聲說了些什麼，但由於她是縮起脖子講話，很難聽清楚。

問題啊……安達總是有一堆問題，總覺得連我都要跟著浮現一堆疑問了。

……但是——

安達她試圖往順著日常流動的洪流之外踏出腳步。

雖然我也覺得，她踏出步伐的方向不知為何總是朝向我。

她那份決心和覺悟真的很了不起。我有時會不禁對她感到佩服。

所以，我要如此回應安達的願望。

「好啊，今年就來過情人節吧。」

對我來說，「每一天」就有如一抹灰色，像繩子那樣不斷延伸的東西。

但這一天，二月四日。

從這一天開始展開的十個日子，給予了灰色的每一天少許色彩。

附錄「肉店來訪者4」

「我可以抬起來看看嗎？」

放學後，我在永藤家的暖爐桌裡滾著滾著，永藤就說了一句意義不明的話。她從剛才就注視著我……正確來說，她的眼神有稍微往上飄就是了。

「抬什麼？」

「日野。」

「為何？」

「因為好像抬得起來。」

永藤看起來非常認真。我不懂，這傢伙到底是怎樣才會想到那邊去？

「我懶得起來，拉我～」

我伸出手，故意不自己起來。接著永藤便把我的話當真，拉起我的手，把我從暖爐桌裡拖出來。雖然室內也有開暖氣，不至於會很冷，但躺著的話，地板上的寒氣就會像霜一樣覆蓋到身上。

「幫我站起來～」

我上下揮動自己的手時，永藤便把我往縱向拉。我被她往縱向還有橫向又拖又拉，而被修正了x軸跟y軸位置的我，很順利地靠著別人的力量站起來。

「站起來了，我站起來了！嘔……頭暈跟耳鳴好嚴重。」

明明別人在說不舒服，都站不穩了，永藤卻把手伸進我的腋下，真的開始把我抬起來。狀況很突然，雙腳離地的我忍不住開始亂踢。永藤像是要把我「舉高高」一樣，逐漸把我往上抬。這麼一抬，我的視線高度就比永藤還高了。

雖然很新奇，但大概是耳鳴的緣故，我差點失去意識。

永藤的手開始顫抖。喔喔，在抖耶。不知道是否到達極限了，她很乾脆地放我下來。

永藤一邊按摩上臂，一邊說：

「意外地好重。」

「妳說那什麼沒禮貌的感想啊？」

又矮又重，這不是糟透了嗎！我剛剛下來時沒有重重落地，而是輕輕的吧！

「所以，妳到底是想做什麼？」

「感覺是日野的話，就抬得起來，所以想試試。」

「啊～夠了。」

大概是真的沒有更深入的理由了吧。永藤不是那種心機深沉的人。

我再次鑽進暖爐桌後，永藤也鑽了進來，然後拿掉眼鏡。

總覺得永藤在跟我獨處的時候，都不會戴眼鏡。

我不曾問過她這麼做的理由。反正答案也一定會像剛才她想抬我一樣，既單純，又只會是個謎。

我趴到暖爐桌上，吹氣讓桌曆抖動。玩著玩著，我突然發現到十天後那個日子的存在。是情人節呢——我這麼想，然後詢問永藤：

「話說啊，妳今年也要巧克力嗎？」

我們從小學就在交換巧克力，後來這麼做漸漸變得理所當然。雖然中途也曾有過主軸變成尋找稀有巧克力的脫離常軌時期，但最近變成是挑比較中規中矩的了。這是因為不挑味道單純的巧克力，非常喜歡咖哩跟漢堡排的永藤就不會高興。

既然要送，當然還是讓對方高興比較好。

「我喜歡甜的。」

「好好好。那今年也去買點什麼回來好了。」

不過我們大多都是一起去找，一起買，一起吃完後就結束了。

情人節就只是那種節日罷了。

「今天的安達同學」

「安～『噠』～」

我想像特別注重「噠～」這個字發音的島村，覺得那樣好像還不錯。

……我在上課時間想這什麼莫名其妙的事啊。

第二章

「朝往太陽的光輝，香水草」

回到家並回到自己房間後，第一件事就是先躺下，用頭去撞床面。

雖然我還記得有把島村送回她家門口這件事，但之後的記憶就像被夕陽烤焦了一樣，模糊不清。虧我這樣還有辦法在不出意外的狀態下回到家。

我的腦袋很燙，讓我非常懷疑今天是否真的是冬天。耳朵也很癢。灰塵在我用頭撞床的位置周邊飛舞，看著那透光的顏色，我才發現到外面的晚霞。

現在的我，發紅的程度或許不輸夕陽。

每回想一次，就會對自己的一舉一動感到難為情。我用頭撞床，並踢著腳。

應該差不多起得來了吧？頭是抬起來了，但背部還是一樣癱軟無力。

大概還需要五分鐘吧，於是我又躺回床上。我自然而然地開始發出「唔唔唔唔唔……」的呻吟。

感覺就算是平常不關心我的父母，看到現在的我也會擔心。

「……連我自己都覺得很不自然啊。」

雖然沒有做到最好，但以結果來說，事情往我希望的方向發展了。

上個月才覺得根本不存在的神，或許真的存在。可是那個神大概很壞心，而且喜歡引導我朝向更煩惱的方向去吧。而我現在也有著決定好預定行程才產生的煩惱。

「……巧克力。」

我聞著棉被上夾雜柔軟精味的味道，低聲說出這個詞。

說出那個恐怕會在接下來的日子裡，讓我的腦袋融化成黏稠狀的點心名稱。

這是第一次要送巧克力給別人。收到巧克力……大概也是第一次。雖然小時候父母有買給我，但我認為那不用算進去也沒關係。反正算進去也不會有任何改變。

那對於我第一次希望收到巧克力這個事實，毫無影響。

明明還有一個星期以上……不對，要做許多準備的話，反而可能還不夠。

自己做……不，要收下好像會有點沉重。好像有點沉重……真的很沉重。再說，我根本就不曾下廚，真的做得出來嗎？要先做功課，或是練習？可是，果然還是很沉重。還是像聖誕節那時候一樣，順著島村的喜好來準備成品……會比較好。我覺得……還不錯。這主意不錯吧？等等，可是……

一想到這是第一次，可能也是最後一次，就不禁想讓自己不留下後悔。

但是，不可能有人會知道「絕對不後悔的方法」。

要怎麼做才正確？這問題讓我早早就開始感到頭痛了。這種狀態下還要再撐十天。我撐得下去嗎？

感覺正式上場時，我可能會變得像被白蟻啃食過的角材一樣，呈現中空狀態。

「自己做……自己做……在那之前，要先問出島村的喜好才行……」

大概不會有人知道，只能問她本人。不過若問得太過頭，會洩漏出我有多用心，感覺很難拿捏分寸。真的感覺很難——我回想起今天那些生硬的舉動，鼻子表面便開始發熱。我裝作滿不在乎地心想：「那不是需要那麼在意的事情喔。」以冷卻激動情緒。

而且這說到底都只是跟朋友……對，像是友情巧克力……那樣的東西。

所以，除非把事情弄成「想表現出自己很會做料理」，否則親手從頭做起，會讓對方覺得很沉重。

但反過來說，若是島村自己做的，我會很想要。我非常渴望拿到那樣的東西。

對於我們之間的關係，我真正希望的是——

不僅僅是我單方面認為她是占有特別地位的人，我希望島村也能認為我在她心中占有特別地位。

我想要有不同之處。我想在人際關係當中得到只屬於我的某種東西。

但是，我想不到該怎麼做才好。若我要求她給我特別一點的巧克力，那從那一刻起，她所準備的就不特別了。成為「特別」的先決條件，是要她「自願」那麼做。

既然這樣，那就要用假裝不經意的對話引導島村往那個方向去做……但光是要做到「假裝不經意的對話」就已經不可能了。仔細回想自己最近的醜態，這點小事我當然知道。每次都要拚命思考怎麼假裝不經意對話的我，根本不可能做得到「不緊張、婉轉對話」這種高技巧的事情。我總是使出全力投球，卻也因為緊張得全身僵硬，而變成暴投。

我實在是太遜了啊。雖然現在才說有點晚，但我真的很討厭自己。

轉頭翻身，灰塵因而飛舞，使我感受到一股頹廢感。

我真正想要的東西，遠比巧克力還要柔軟。

而且，還軟到令人無法捉摸。

情人節這個節日，也只不過是為了小心翼翼地觸摸它的一個過程罷了。

二月五日（三）

上課時，我的思考也一直不斷往返於島村和巧克力之間，有如在夢與現實間來回。

我這樣是不是有點危險？有點吧……我覺得有一點。但上課往往都是很無聊的一件事，而且因為座位的關係，我無法看見島村的身影。這麼一來，就只能動動腦袋來打發時間了。不過就算沒有很閒，我也可能會想那些事情就是了。

一回過神就發現已經是放學時間的這種感覺，讓我心裡很焦急。照這樣下去，感覺十天很有可能會在轉瞬間消逝。明明若是以前的話——若是過去那個沉溺於用不完的時間當中的我，就會很樂意接受這樣的狀況，但現在的我辦不到。我得到了龐大的某種東西，所以現在才會被逼得走投無路。

我在整理抽屜時轉頭一看，就看到無視於季節感、皮膚曬成小麥色的日野，以及瞇起眼、看起來有點想睡的永藤。她們向島村打過一兩句招呼後，便離開了教室。島村也會跟那兩個同學交換巧克力嗎？我想，如果是島村，收到巧克力應該會回送，但大概不會主動提議要交換。還有——雖然不太清楚為什麼要這麼做，但我也想像了一下那個穿太空服的女孩。總覺得……最近沒看到她出現在島村身邊。就各種意義上來說，那女孩到底是什麼人？

島村也可能有和其他我不認識的人約好要交換巧克力。我所知道的島村，其實也只不過是她的其中一面。不對，我甚至沒有完全理解那一面。畢竟她的個性難以捉摸。而她也並非無事主義者，很少被壞傢伙牽著走。

即使想停留在島村身邊，她也會輕快地溜走。

不過，就算島村和別人交換巧克力，我也覺得無妨。呃，與其說無妨，不如說我應該沒有權力干涉吧？我雖然知道是這樣，但真的目擊到她和別人交換巧克力的話，我也不太可能保持心情平靜。

由於開始感到頭暈目眩，所以我先深呼吸，暫時休息一下。我到底在激動什麼啊？

從光是坐在教室裡就快窒息這點來看，我或許患了比自己想像中還危險的病。我不禁心想，人大概就是像這樣沒有察覺到疾病惡化，結果就變成了無法挽回的狀況吧。

我雖然在逞強，但實際看到島村把巧克力交給別人的畫面，我大概會非常沮喪吧。不對，我說不定會哭出來。換句話說，就是我其實不希望那種事發生。

……承認這些事實，自己令人厭惡的地方就會一個個被攤在檯面上。只要不除去這些浮上表面的「渣」，人際關係嚐起來就會變成難以忍受的味道，讓人敬而遠之。

我有確實撈掉自己的「渣」嗎？我一直希望事實是如此。

而如果可以的話，我也想用手指撈撈看島村的「渣」。

我想著這種事情，再次轉過頭去，發現島村不在教室了。她似乎已經要回家了。我慌張地把剩下的課本塞進書包。島村很少主動走來我的座位，這讓我有些心煩。

我抓起書包，快步走到走廊上。沒有看見島村的背影，於是我換用小跑步前行。跑到一半，我才後知後覺地察覺到走廊有多寒冷。我在意的順序顛倒成「先島村，再季節」了。

走下樓梯後，我就找到了島村。大概是很冷的關係，她有些駝背。她拉著袖子，試圖把拿著書包那隻手的指尖也藏進袖口。因為這樣，她看起來就像是肩膀突出來了一樣。

我走近島村背後，接著她大概是察覺到腳步聲或是我過來的氣息，而轉過頭來。

「哎呀，是安達啊。」

怎麼了？——她用眼神這樣問我。我想著要冷靜跟她說話，緩緩開口。

仔細想想，我今天在學校都沒有出聲。

「我在想……島村喜歡怎樣的巧克力？」

感覺意外自然地就成功問出口了。成功了嗎？成功了吧，大概。我會開始有像這樣自問自答的習慣，應該是我對自己的行動抱有很大的疑問，大到讓我想這麼做的緣故吧。雖說是

「自然地」，我卻感覺到嘴角有些僵硬。

「巧克力嗎……我不太常吃耶，我想想……」

島村看向走廊盡頭，開始沉思。她似乎沒有把這個問題想得太深奧，讓我放了下心。在我等待回應時，她就自己理解到了什麼，點頭說一句：「這樣不太好。」怎麼了嗎？

「嗯～甜的我大致上都很喜歡就是了。」

「嗯。」

我想，巧克力應該大致上都是做成甜的吧。我該把這當作難度很低，還是很難縮小選擇範圍呢？

「我應該還滿喜歡有加牛奶的，而且又很好入口。」

島村像是姑且說一下似的，又多補足一句說明。

「是喔。」

她說完以後，我便想像牛奶巧克力的樣子。牛奶巧克力的顏色，或許跟島村柔軟的褐髮還挺相似的。還有，我總覺得這好像是第一次聽到島村說她喜歡什麼東西。

雖然不太清楚是為什麼，但我忍不住沉浸於類似感動的情緒當中。

對話不再繼續，並經過一段獨特的空檔後，島村開口問我：

「就這樣？」

「……就這樣。」

再度陷入沉默。要離開學校的學生們不斷從我們身旁走過。

「這樣啊。」

「嗯。」

「好，那回家吧。」

在令人看不下去的尷尬氣氛中，島村先採取了行動。

大概是因為很冷，她想早點回家吧。

我們一起走到校門，一如往常地和對方道別。

然後在來到轉角時，我才發現自己在走路，所以我又走回腳踏車停車場。

有個東西讓我覺得它跟背景還有其他物品格格不入，卻也沒辦法動手處理。

我在說的是迴力鏢。在夜也漸漸深了的這個時候，我拿起擺在架上的迴力鏢。我不想浪費掉島村送我的聖誕禮物，但要拿來用也是件難事。

島村她是不是在期待我一手抓著這個，在外面大玩特玩？我不認為，也不想認為她會沒掌握我的個性到那種地步。煩惱到最後，我試著緩緩丟出迴力鏢。被輕輕丟出的迴力鏢撞上衣櫃，發出清脆聲響，墜落地面……唔。

就在我走去撿迴力鏢而彎下腰時，我的視線移向一直開著沒關的電視。我才看了一眼，就忍不住發出「唔哇」的聲音。有個自稱「通靈人田岡」，化著大濃妝的女性正配合著音樂在跳舞。也說不上是在跳舞，她正不斷甩動有如歌舞伎般的長髮。

她的頭髮很長，甚至懷疑她在這台小小的電視裡大鬧，會不會把髮尾甩到螢幕外面來。雖然一旁其他來賓好像在觀察上場的機會，但她卻完全不讓他們靠近。

我不禁感嘆她的存在感之強。

但明明把她跳完舞後喘得上氣不接下氣的畫面切掉就好了，卻還是照樣播出。目前為止，都只有那個叫通靈人什麼的人在吵鬧。搞了半天，這到底是什麼節目？我維持半蹲的姿勢繼續看下去，看來是占卜節目的樣子。而且還標榜專門占卜戀愛運。

……包括一開始的橋段，我總覺得這是非常不可信的節目。但我不禁對「專門占卜戀愛運」的部分產生了反應。呃，我跟島村之間也不是在談戀愛就是了。並不是。

不是。可是我還是要看。

不曉得這個節目是不是每天都會播出，節目現在正在介紹「明天的運勢占卜」這種範圍狹窄的內容。從魔羯座開始，接連往水瓶座、雙魚座介紹下去。他們到底是用什麼作為根據擅自解說的？雖然我對節目內容感到傻眼，卻還是繼續看下去，決定至少等到自己的星座出來。順帶一提，通靈人流了滿身大汗，妝都花了。她本身就長得一副會被專職的通靈人供起來拜的臉。

『……接下來是天秤座，有掀起戀愛波瀾的預感！不要忘記監視周遭！』

「……咦？」

這對天秤座的觀眾，也就是我而言，是個不怎麼令人愉快的占卜結果。雖然我和戀愛無緣……是無緣沒錯，但「掀起波瀾」這部分感覺不太平靜。這種狀況下，波浪會打向島村，還是我？

不過居然說「監視」……雖然節目很自然地用上這個詞，但聽起來還真嚇人，應該說聽起來真危險。做出那種事的話，不就像在跟蹤對方一樣嗎？而我當然不是在跟蹤，和那完全無關。再說，我也不覺得這種占卜會準，所以也沒必要去在意。

『情人節期間特別活動！這段期間內會在節目最後公布關鍵字母，大家一起來收集，換取精美的禮物吧！今天的關鍵字是D！』

節目在公布完所有星座的占卜結果後，就加進了節目本身的廣告。好像是D的樣子。有種想說「是喔」的感覺。

雖然我覺得，明明說要在節目最後公布，卻馬上就說出來有點奇怪就是了。

接著畫面顯示出星座間的適性表，不知道是誰這樣斷定的。

跟天秤座很合的是雙子座跟水瓶座。但是最合的似乎是牡羊座（不過有附註說明「僅限異性，同性的話最不合」）。

因為不知道他們到底憑什麼這麼說，我不打算相信占卜結果。是不打算相信啦。

「…………………………」

島村的生日是什麼時候？我並不是把這個節目的說法當真，但有些在意。雙子座或水瓶座。雙子座，或是水瓶座。最糟的情況是牡羊座以外的星座。我不經意地在心裡祈禱。明明寒假結束要換座位時祈禱半天都沒有用，我卻又重蹈覆轍。

節目結束後，我終於恢復冷靜，抓著頭覺得這麼做很蠢，感到很難為情。

這種東西不可能會準。無聊。

二月六日（四）

「…………」

「那個……安達？」

島村移動視線，用眼神對站在身旁的我表達「有事嗎？」。差不多是極限了。

我說了聲「沒事」，回到自己座位上。班導在那之後沒多久就來了，所以真的是只差一點點。

「…………」

「安達？」

午休時，我也來到島村身邊注視著她。我完全吃不出自己在吃的麵包是什麼味道。

目前為止還沒掀起任何波瀾。真要說的話，就是島村有點在懷疑我的舉動。

「妳想要什麼嗎？」

是想要茶，還是麵包？她把桌上的東西拿起來給我看。

她手腕上戴著藍色的編織手環。島村不太會戴些裝飾品，所以這景象挺稀奇的。

先不管那個，我自認應該沒有露出想要什麼東西的眼神，但似乎被誤會了。「啊，沒關係……」我這麼說，向她表示我還有手上吃得很緩慢的麵包。我已經決定好要在午休時間問她這個問題，於是便開口詢問。

當然，我並不是真的相信占卜。

「島村是什麼星座？」

我說完才發現，感覺問生日是什麼時候會比較自然。

如果島村也知道那個節目的話，會被她誤會……也不算……不對，算誤會吧？應該是吧……島村不知道我正擅自感到混亂，微微歪起了頭。

「星座……不知道是什麼座耶，我是四月生的。十日那天。」

聽到是四月十日，我便陷入一股感覺臉頰都要凹陷下去的失落感當中。

能知道島村的生日是哪一天是很高興沒錯。

可是那個日期的星座是牡羊座。是寫著「同性的話最不合」的那個星座。

「……………………」

「安達？喂～」

「順帶一提，我是金牛座。」

突然冒出來的日野順著這個話題回答。她從島村身旁探出頭來，讓島村驚訝地喊了一聲：「哇！」而在日野身後，則能看到永藤在不斷左右搖晃。

她這個動作很明顯是希望有人問「那永藤呢？」。

島村冷靜下來後察覺到永藤的想法，向她詢問：

「那永藤小妹妹是什麼座呢？」

「從外表來看是處女座。」（註：日文寫作「乙女座」，「乙女」有少女之意）

永藤高挺著鼻子，一副洋洋得意的模樣。

「不過，我覺得妳跟我很明顯的應該要反過來才對啊。」

日野想伸手去碰永藤的胸部，結果被她反擊了。總覺得她們每次都在這樣玩。

記得金牛座跟處女座好像很合……或許那個占卜還有點可信度？

那樣的話，我跟島村就會是最不合的……不不不。不不不不，這不可能。

我不可能會想要跟一個和自己最不合的人增進感情。

「妳為什麼要問星座？是占星術之類的嗎？」

「呃……這個嘛……」

我不知道該怎麼回答島村提出的疑問，這時有個意料外的幫手替我解了圍。

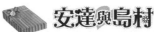

「是因為星座很合的話，輔助魔法的成功率也會上升的關係吧，嗯。」

「妳突然在說什麼莫名其妙的東西啊……」

永藤突然開口，讓日野感到不解。島村也因此把視線移向她們，我得以逃過她的疑問。

我算是被永藤給救了。她本人應該完全不是故意那麼說的，但我還是在心裡向她道謝。

之後，雖然一路監視她到放學……不對，是把注意力放在她身上，但到頭來還是只看到一如往常的島村和我。照這樣看來，實在不像會掀起什麼波瀾。海面的波浪非常平穩。

占卜這種東西果然還是沒什麼可信度。因為也不知道究竟是何方神聖講出來的結果，就算他說星座合不合什麼的，也用不著相信……話是這麼說，但我也並非完全否定占卜。那種東西，只要把自己想相信的資訊當作糧食就好了。

因為占卜就是利用這種方式，讓人變得積極正面的「魔法」。

我實在沒辦法在不知道巧克力是什麼味道的狀態下去挑選。發現這件事的我回到家後，決定換件衣服去一趟超市。我在進入店內時微微感受到一種類似門檻的感覺，大概是因為我幾乎不曾有過上超市的機會吧。在普通的家庭裡，小孩是不是會被母親帶來超市，跑去看糖果專區呢？沒有這種記憶的我，小時候究竟都是吃什麼點心？總覺得我以前好像都在喝新鮮的冰水。

檢查一下錢包裡面，確定可以買東西後，我便開始物色巧克力。我用不著在寬廣的店內尋找，就看到了情人節專區跟海報。雖然在那一櫃旁邊有想搭情人節順風車的雛米果（註：日本女兒節時的應景食品），不過恐怕沒辦法期待它的效果。

我照著島村的喜好，拿起各種牛奶巧克力。雖然也有白巧克力，不過她喜歡這種的嗎？猶豫到最後，我傳了封郵件問她。

要是她不早點回應，我也沒辦法決定。在我如此著急心想時，她便如我期待地馬上回應了。郵件內容是「很好吃啊」。雖然我想應該是「喜歡」的意思——

「……她好像不喜歡說『喜歡』這兩個字的樣子。」

島村似乎不想讓周遭的人知道關於自己的事情。

而我也只是那「周遭的人」的一部分，我為這個事實嘆了口氣。

雖然很沮喪，但我還是連白巧克力也一起拿，拿著拿著，就拿了還不少。要買是可以，可是這全都要自己吃掉嗎……全部。感覺連血液都會變成甜的。

雖然很苦惱，卻也沒放回去。我拿著一整疊巧克力走到收銀台旁邊時，和一個很高的女生擦身而過。她似乎是其他學校的人，穿著制服就來超市，最重要的是，她還不顧他人眼光地露出微笑，我不小心就把視線放到了她身上。

所謂他山之石可以……不對，要是太大意，我是不是也會露出那種表情？特別是上課時間。沒問題，應該沒問題，沒問題……我捏著自己的臉，開始感到不安。要是上課時間突然

自己笑起來，感覺就好像危險人物。不對，何止「像」，根本就是了。不過，如果是島村突然竊笑，我就會很在意是不是發生了什麼很好的事情……不是在講這個啦。嗯，那個……還是注意一下吧。

我輕拍臉頰後，就抱著大量的巧克力前往收銀台。我在用手拿著的這段時間沒有想得太多，但我看向結完帳後裝在袋裡，有如地脈般把袋子震得喀沙喀沙響的巧克力，不禁抓了抓臉頰。

不顧前後買了一大堆巧克力，我吃得完嗎？

或是乾脆直接整袋拿給島村……不不不。

感覺我光是想像這樣會比較開心的島村，就會被那樣的存在給打垮。

我想讓島村高興。我想讓島村覺得我占有特別地位。

我的期望和願望就像山脈一樣，又高又遠。但我眼前卻是一片無限寬廣的荒野。

並非刻意使然，不過我在房裡確認時間的時候，發現正好已經來到昨天的占卜節目開始的時間了。既然都會占卜隔天的運勢了，今天也會播出吧。

「……………………」

我想抱怨一下，於是打開了電視。昨天在那之後沒有轉台，所以那頭甩得亂七八糟的長髮立刻就充滿了整個畫面。看來今天也是從這裡開始的樣子。

「今天的一點也不準。」

我向正在跳舞，叫作通靈人什麼的人表達不滿。當然，通靈人根本不在意。話說這個通靈人在節目裡完全沒有講過半句話。她是類似主角登場前，先出來暖場的角色嗎？

在通靈人結束盂蘭盆舞般的動作後，終於進入了正題。

既然都開始看了，今天也看到最後吧。

島村的星座——牡羊座的結果是：「想要某個東西的話，就試著老實伸出手吧！」天秤座則是：「改變髮型來對心上人展現不同的魅力！」不知為何這段是使用圓潤字體。

「髮型……怎樣的？」

我捏起頭髮。我一直都是很普通地把頭髮放下來，幾乎沒有去多加處理。改變髮型，展現不同魅力……島村她會發現嗎？雖然我不相信占卜這種東西——我邊這麼想，邊把腳趾交疊在一起。

今天的送禮關鍵字是Ａ。上一次的是Ｄ——這點小事就算不用寫起來，我也記得住。雖然沒有講明送的是什麼禮物，但在進到下一個節目前有相當露骨的商品廣告，所以我猜他們大概會拿賣剩的來當禮物吧。像是編織手環，或是項鍊等。

各種（可能）具有開運效果的商品……現在這個時代，這種東西賣得出去嗎？

我也能理解雖然可信度不高，不過如果真的有效果的話，就算是那種東西也會想依賴看看的心情。我對島村抱有的感情有些有勇無謀。因為我總是很不安地認為，是不是也存在著只要神不幫忙想想辦法，就無法填滿的事物。

……像我這種人是不是很奇怪？

神經繃緊一點過活吧——我輕拍兩次臉頰，集中精神。

二月七日（五）

有這麼大的改變，島村應該也會馬上發現。

在鏡子前對髮型做過各種嘗試後，我終於對成果感到滿意了。雖然也試過加上一些小道具，像是戴髮夾、綁緞帶等，但都會偏向太樸素，或是太奇怪這兩種極端的結果。我不斷嘗試把頭髮撥開、捲起跟編起來，最後決定綁成馬尾。我用不記得是什麼時候買的髮圈束起頭髮，調整位置。完成之後，我便仔細看著鏡子裡的自己。

比起自己，我更想看各種髮型的島村。

我察覺到自己在想那種事情，紅著臉頰走出了盥洗室。去學校吧。

可是想到要這樣直接去學校，就開始有點難為情。突然改變髮型，就好像在向周遭人表達自己的想法產生變化——這樣想算是自我意識過剩嗎？不過，我覺得應該要先想好島村問

「發生什麼事了嗎？」時的應對方法。我有自覺到自己最近的行徑太可疑了。

要想理由，理由……我邊騎著腳踏車，邊煩惱要編什麼藉口。只要跟她說「突然覺得想換一下髮型」就好了嗎？而且，我總覺得島村會染頭髮應該也是類似這種理由。

問題在於我有沒有辦法自然地說出這句話。我常常在這個地方失敗。

坐到教室的座位上後，我把手肘頂在桌上托著臉頰，僵著不動。一轉頭，束起來的頭髮也會跟著搖動，有種突兀感。

而大概是側邊頭髮都綁到後面去的緣故，耳朵對於外界的風相當敏感。這也是我靜不下心的原因之一。如果這樣都沒辦法讓島村談到我的髮型，就太悲慘了。

島村可不可以趕快來呢？我持續關注著教室入口。

而她終於進到教室時，卻因為快上課了，所以她沒有看向我就坐到了座位上。她應該馬上就發現我的髮型有變了，但畢竟也不能為了問我這麼做的理由就離開座位。

感想只能留到下課時間再聽了。這讓我受到「很著急卻又感到放心」的矛盾所苦。

平常課堂之間的下課時間，我只會坐著等待上課，但今天我則是在空出來的時間用手機搜尋巧克力的圖片。我隱約記得今天作夢的時候也有看到巧克力，感覺連腦海裡都會變成一片濃厚的褐色。

我決定從今天開始，就把昨天在超市買的大量巧克力當作午餐來吃。因為我是為了確認味道才買的，所以需要自己消化掉全部的巧克力。幸好，我是一直吃一樣的東西也不會膩的人，所以應該能忍受這種偏食。

確認巧克力的味道，研究該給島村哪一種巧克力。剩下一個星期，最多就只能做到這樣吧。關於要影響島村的想法這件事，我已經是半放棄狀態了。應該說，光是能把事情導往情人節的方向發展，就已經算是留下非常好的成績了。即使只是這樣，就已經是件意外特別……不，肯定是件特別的事情。

想在島村心中占有特別地位，是我毫不虛假的想法。但如果只是一味追求，或許有一天會讓她對我感到厭煩。要是為了消除極端行為而走上歧途，就本末倒置了。

我也要好好重視我能展現的東西才行……可是，想想我能展現什麼的話，結論就會落在「親手製作」上。人類要表達自己的心意，就只能利用勞力或是金錢，而我也有依賴金錢的辦法。我還沒碰過打工存起來的錢。不過，如果給島村高級巧克力，可能反而會讓她覺得很惶恐。

只是做個參考，頂多只是做個參考——我這樣編著藉口，動手搜尋「自製巧克力」。符合條件的結果非常多，滿滿都是教人怎麼自己做巧克力的網頁。感覺這個時期，這些網頁會特別熱門。雖然是理所當然，但我看了各種網頁後發現要用到菜刀的地方不多，所以這個方案似乎意外可行。只要稍微練習一下，應該還有辦法做出像樣的外型。問題在於「有沒有辦

法做得好吃」這一點。從島村的個性判斷，與其給她自製但味道不太好的巧克力，可能給她味道有一定水準的市售巧克力還會比較高興。只要不是格外特別的對象，正常應該都是送市售的才對。咦，可是那樣就沒意義了……沒意義，對吧？這問題讓我差點抱頭苦惱起來。

「啊，妳在嗶嗶嗶。」

突然聽到有聲音從臉的旁邊傳來，害我嚇到往後仰，屁股離開了半個椅子，對腰部造成了負擔，但還是有坐在椅子上。跑來看我手機畫面的人是……永藤。她用過度彎腰的姿勢，從身後看我的手機。她瞇細的雙眼就像波浪般一下睜開，一下瞇起。

她上課時有戴眼鏡，所以大概是看不清楚吧。永藤看到巧克力的圖片會有什麼感想？說到底，就連永藤為什麼會來跟我搭話都是個問號。

我覺得我們應該沒有要好到可以隨便跟對方搭話才對啊。

把臉退開的永藤發出「嗯～」的聲音，疑惑地歪起頭。我心裡的困惑逐漸擴大，好奇她到底找我有什麼事。

在等待永藤想找我做什麼時，她便向我提問：

「『嗶嗶嗶』這個說法會不會太古老了（註：早期電玩遊戲會發出的效果音，引申為玩遊戲此一行為）？」

這個問題不應該問我吧？雖然這麼想，卻也回答：

「是不太常聽到。」

「我想也是……」

永藤低下頭反省……我實在搞不懂她。這個同班同學到底是怎麼回事啊？

這時候只能叫她的好夥伴來把她帶走了。

「日野呢？」

「在睡覺。」

我往她所指的方向看過去，看到日野正趴在桌上，垂著手睡覺。她只有頭躺在桌上，還露出毫無防備的睡臉。該怎麼說，她的睡相還真是自由奔放。

她看起來正充分地有效利用短暫的下課時間。那島村呢？我轉過頭，發現島村也跟我一樣在看著手機。她應該不是在看巧克力的圖片，不過，不知道島村她是不是也多少有在思考關於情人節的事？

畢竟島村是那種個性，很有可能當天買來直接送我之後就沒有下文了。

不要期待會有什麼特別的東西——雖然我這樣告訴自己，但同時我也因為島村在聖誕節時有用心挑選要送我的禮物，而期望著曾見過一次的希望再次降臨。島村會為我採取某種行動，並不是經常有的事情。也許那是最後一次也說不定。

隨著時間經過，以及和島村面對面相處，便能深深理解那有多寶貴，又有多特別。

雖然我到現在，還是不懂她為什麼要送迴力鏢。

永藤保持著凶悍的眼神往島村所在的方向看了一眼後，便拍一下我的肩膀，說聲「加油

喔～」就走回自己的座位去了。她的聲援很沒幹勁，應該說我根本不知道她在聲援什麼。我不覺得永藤會知道情人節的事情，所以毫無頭緒，但現在的確是不加油不行的時候。感覺要是鬆懈下來，似乎會在轉瞬間就到了情人節當天，使得我被和平常差異過大的時間流動給耍著玩。

從「還有十天」變成「還有一星期」，只剩下很短的一段時間。

我的時間一定是被島村給偷走了。

回到家以後，我也一直在發呆。想起那件事情，臉頰就自然而然地上揚。

我用手摀住忍不住張開的嘴，顫著肩膀。

我的世界就像是在反抗逐漸進入深夜的夜晚，充滿光輝。

島村提到髮型是在午休的時候。我和她說了很多話，也看到了各種島村。

但那些記憶全都因為島村說「這挺可愛的嘛」伸手摸我的馬尾尾端，以及她在那之後對我說「平時的安達也很不錯就是了」而消失得無影無蹤了。雖然不是第一次被她說很可愛，可是旗袍是衣服，頭髮是我自己。這次被稱讚的是我。而且連平時的我都得到了正面評價，我實在按捺不住開心的心情。

占卜意外地有用嘛。我對那個叫通靈人什麼的另眼相看了。

不對，我想那個通靈人大概什麼都沒做。那個占卜節目又開始了。

明天的牡羊座是：「被耍得團團轉的一天，像陀螺一樣華麗旋轉吧！」天秤座則是：「悠哉的假日，要注重不間斷的努力。」這樣的內容很難讓人覺得是戀愛占卜，不過或許是「不可能每天都會發生那麼多事情」的意思吧。的確，要是有人說會連續發生那麼多事情的話，是會覺得有點可疑。

這次的關鍵字是Ｎ。今天是以恢復了體力的通靈人大喊作結。

或許是一直跳舞，讓她的體力慢慢變強了吧。

二月八日（六）

星期六常常中午就要去打工。而今天也是非例外的星期六。

先不管這個，連冬天也要穿開衩旗袍，這樣對嗎？穿這種重視外表勝於季節感的服裝，簡直就像是我自願把腳露出來給大家看。我好想把開衩部分縫起來，好讓腳不會露出來。明明也不是這麼做就會加打工時薪，為什麼我必須要每次都換上這套衣服不可？我把用完的餐盤拿到廚房，同時對因為習慣而持續下來的這份打工抱持疑問。雖然有儲蓄是最好不過，但該怎麼用這些錢？

只是一直存起來而已，完全不知道要用在哪裡。雖然比起拿去揮霍好多了，可是總覺得不用的話，存這些錢也沒有意義。不過，我開始打工的動機原本就是要有效利用自己多到用不完的時間，所以我也不打算辭掉這份工作。

島村家族在那之後就沒有再來過半次。這似乎讓我鬆了口氣，卻也像少了什麼。

雖然我並不想留下難為情的回憶，但我想和島村共享一個類似小小祕密的東西……這種貪心的情感在心裡相互對抗，令我不禁拉起旗袍的裙襬。

這件旗袍真的有吸客效果嗎？我不斷來回奔走於因為午餐時間而格外熱鬧的店內，同時努力不去深入思考湧上心頭的疑問。因為要是有明顯效果的話，穿旗袍的理由很有可能會因此成立。

店裡進入休息時間後，我就近找了個位子坐下來發呆。接下來就只剩簡單清掃一下，再換好衣服回家了。鬆了口氣的同時，一想起家和家人也會覺得有些靜不下心。我大概是在本質上不喜歡自己的家吧。

「……………………」

島村假日都在做什麼呢？之前是有問過她，但那時她的回應是「大部分都是在睡覺吧。還有就是……陪妹妹玩之類的」這種不明確的回答。我想，她今天應該也很閒。既然這樣，那就去島村家玩吧。

去島村的房間，然後像之前一樣坐在她的雙腳之間，看著電視……

現在回想起來，那時候的我們距離非常的近。我不覺得現在還能那麼接近她。我會在那之前逃跑，或是大鬧一番。說到近，就想到前陣子差點跌倒，結果抱住了島村那時候。

那真的是太可惜了。

我到現在還是很後悔當時居然連忙退開了。雖然那時也很後悔，但過了一段時間後，這份後悔感又變得更加濃厚。那時連鼻子都貼在島村胸前了啊。

鼻子……在她的胸前。不對，連眼部也有。記得額頭也是。簡單來說，就是幾乎整張臉都在她的胸前。

我回想起當時的畫面。可以感覺到我的頭就像氣球一樣，因為高溫而逐漸膨脹。

我胡亂踢動著自己的雙腳。

不斷踢動著。

二月九日（日）

我說到底也只是想說凡事都要試試看，才會嘗試站在廚房裡。父母在假日也會出門，所以可以不用在意別人眼光，這倒是幫了我一個大忙。就算父母看到我這樣也沒說什麼，我還是非常不想讓他們覺得我在做些奇怪的事情。

除了來裝水的時候以外，我還是第一次像這樣面對著廚房的調理用具。

我心想，就來做個巧克力試試看吧。我心想，有這樣的假日也不錯。

『身為天秤座的妳，就快點做個自製巧克力送給對方吧！就這麼做！』

受到占卜影響只占了原因的極少部分。還有，關鍵字是Ｃ。

不過那個算得上是占卜嗎？

……光是站在這裡，心裡的不安就逐漸擴大，懷疑自己是否真能做好巧克力。

查過製作方法之後，發現似乎只要把巧克力弄碎、融化，再凝固起來就好了，所以就算是我，應該也有辦法做出來。只不過，這就像是打地基一樣，之後的加工才是重點。這部分我完全沒有自信。我對至今只要家裡沒有準備飯，就直接選擇不吃的自己感到後悔。在學校的料理實習課也是都推給別人，自己幾乎沒有做事，所以真的是完完全全沒有下廚經驗。即使如此，我還是會想做各種嘗試。想到這有可能是最後一次，就更是如此。

我一邊用手機查做法，一邊動手製作。把巧克力拿到砧板上切碎，放進鍋子裡隔水加熱……我就像這樣，按照多少會在漫畫裡看過一次的步驟做。在漫畫裡，戀愛中的女孩不習慣這樣的事情，但還是動手做巧克力，之後對巧克力難看的外型感到自我厭惡，不過還是交給了心上人……總覺得常常會有類似這樣的橋段。我……不對，我不一樣……要說我是不是不喜歡島村的話，那是完全不可能的……事情。所以，那樣的話……總之，這是巧克力，就是巧克力。過程一點也不重要。

就已經沒有什麼技術了，還缺乏集中力的話，真的會做出很難看的東西。
還是捨棄掉這些雜念，顧著動一動不太靈活的手就好了。

「…………………………」

假設——這是我知道自己沒有技術，也沒有經驗的狀態下所做的一個想像。假設我做出專家等級的巧克力點心送給島村，她會很感激地說「呀～安達妳好厲害～」然後抱住我……嗎？不，絕對不會。是要演變成什麼狀況才會變成那樣？那種島村只存在於我的腦袋當中。不對，腦袋裡有那種島村，我也很困擾。因為太大意的話，那個島村很可能會從我的嘴裡跑出來，把所有事情都一五一十地講出來。我最近常常會太大意，太鬆懈了。

「……是不是有點樣子了？」

我看著用橡皮刮刀攪拌過的巧克力，從巧克力的顏色和香味當中得到成就感。總覺得這似乎是我第一次成功（看起來）製作了什麼東西。之後再拿去冰箱冰……就好了嗎？去搜尋一下……上面寫說要……調溫？啊，對，雖然不太懂是什麼意思，不過我有買用來調溫的粉，所以把粉倒進去，再把剩下的巧克力加進去，稍微冷卻後再開始攪拌……應該就行了。咦？要用溫度計確實測量溫度？我沒有準備那種東西……嗯，反正是我要吃的，沒差。

攪拌完以後，我把巧克力倒進模具裡，然後在放到冰箱前先用手機拍起來。雖然也不到豐功偉業那麼誇張，但這是我第一次做的……料理？所以就拍一下。再多拍一張。我在拍完後確認拍得如何，發現每張照片都頂多是角度不同而已，沒什麼太大差別。還真是一點也不有趣啊。我的情緒比巧克力還要早冷卻了下來。

要讓照片變得有趣……就要找島村了。把圖片寄給島村看看吧。

我把剛剛拍的照片全部傳過去之後，就用郵件問她：「怎麼樣？」我很期待她會不會多少傳點回應過來。

等了十分鐘。

坐在椅子上發著抖，等了二十分鐘。

我把頭貼到了桌面上，等了三十分鐘。

沒有回應……進行一次深呼吸後，告訴自己這是理所當然的，接受這個事實。

有人寄這種東西給我的話，我也會很傷腦筋。隨著時間冷卻下來的不只是巧克力，還有我的腦袋。我併起雙腿坐在廚房角落，順便反省。現在是冬天，這裡又是陰影處，照理說應該會冷到極點才對，但我的臉頰會定期發熱，導致我沒辦法感受到寒冷。

而早在冰箱裡凝固起來的那個東西——

「……這……」

不就只是單純把巧克力融化，再把它重新凝固而已嗎？

唔唔唔——我和放到盤子上的巧克力相互瞪視。

又沒有加其他東西裝飾，而且我也不會做，實在沒辦法期待會有更進一步的發展。何況我完全沒有準備其他材料。做巧克力時，思考只停留在「只要有巧克力就好了」這種簡單的想法，沒有遠見——有這種情形的我，很顯然的就是個門外漢。我試吃了一下，果然就只是單純的巧克力而已。應該說口感還比市售的差。味道沒有特別好，外型也很糟。雖然我打從一開始就知道誠意並不會引起化學反應了。

心意並沒有萬能到那種地步。

我沒有自信可以在接下來幾天每天練習，然後在十四日前做出高等級的巧克力。而且被父母看到我那麼努力的模樣，也會讓我很憂鬱。不過要是我是自己住的話，應該就會下定決心開始練習了。

結論上來說，買市售的會比較好。雖然這答案或許很無趣，但這種事情還是要交給專業的來。送禮的時候，應該要以能讓對方高興為第一，這麼一來，要優先重視的就不是表達自己心意，而是味道。雖然很無趣，但味道很重要……不有趣。（註：「無趣」和「味道」的日文發音部分相同）

這麼一來，就必須要去找一間風評不錯的店家買巧克力。因為透過網路買的話，距離十四日也只剩下不一定趕得上當天的天數了，所以乾脆直接去名古屋附近買，或許也是不錯的選擇。和島村一起去買……這應該自己去會比較好吧？

而且島村也說過「事前不知道會拿到什麼比較好」之類的話。

「……我可能搞砸了。」

今天就是情人節前最後一個假日。從明天開始，就一直都是上學日。雖說到名古屋只要

搭一班電車，不過來回意外費時，再加上挑巧克力也需要時間……這樣的話，其實我應該要在今天先去才對。假日不應該這樣浪費的。

該怎麼辦？或許也可以考慮請假去買巧克力。

咦，可是這種巧克力原本是該當天買完就送人的嗎？咦？是嗎？

先不管要考慮那麼多事情。

在結論背後等著我的，是一整堆剩下來的巧克力。

「……………………」

看來吃巧克力的生活還要再持續一陣子了。

若占卜百分之百會說中的話就是預言，再說，我根本就不期望會有那麼高的準確度。而說到我接下來要注意什麼地方的話，就是「雖然不是完全正確，但可以準確到什麼程度」這個部分。

目前為止，這個占卜節目的準確度大約一半一半。占卜的準確度有一半，其實還挺厲害的，但只做過幾次統計就要得出答案還太早了。所以，我今天晚上也在看這個節目。

今天那個叫通靈人什麼的沒有出現。難道她其實不是固定班底嗎？雖然開頭大約三分鐘都是其他人在不斷講話撐場面，不過好像撐得很辛苦的樣子……話說，這是現場直播？

明天會怎麼樣呢？我蹲坐著看電視，「會因為擦身而過嚇一跳★」是牡羊座的結果，「把自己想講的話清楚告訴對方吧！畢竟人不知道什麼時候會死掉☆」是我的結果。

光明正大說出這種話的人被帶往畫面深處，從畫面中淡出。先不管那個了，我想告訴她的話……想出一些想告訴她的話，情緒就像是臉的周圍迸出一朵朵紅花般高漲。我也想像了島村的回答，接著我的腦袋就立刻發燙到像是煮熟了。

我隔著睡衣不斷抓著膝蓋。身體的某個地方很癢，可是卻沒辦法找出確切位置。

感覺有一個冷靜的自己正待在房間某處看著我誇張的情緒反應，心想：「啊，這傢伙完全迷上對方了。」我想，那一定是住在這個房間很久的，以前的我吧。

以前和現在的我，完全是不同人……不對，應該也不是這麼回事吧。像是和他人相處的方法，還有和家人間的關係淡薄，全都和以前一模一樣，還是那個毫無趣味可言的我。

只有在扯到島村的時候，別的我才會顯現表面，隨心所欲地做自己想做的事。

那個我常常失敗，又冷靜不下來，還會驚慌失措到讓人看不下去。

即使如此，我還是無法討厭那樣的自己。甚至還覺得很可愛。

把話題拉回占卜節目，今天的關鍵字是O。我把它跟之前的關鍵字湊在一起後思考了一下，實在不覺得這些字母跟情人節有關。恐怕當中沒有任何意義吧。

反正好像也不是什麼了不起的商品，所以我決定忘掉這件事。

進到被窩裡以後，我仍然持續在為想告訴她的話苦惱。

話說回來，我是有話想告訴她，的確是有很多話想告訴她。
但世上存在著許多牆壁，既厚實，又把人們給區隔開來。
要把那些話語傳達給島村，還需要除了勇氣以外的東西。

二月十日（一）

藉由和島村的相遇，我被往好的方向引導了。
我相信這不會有錯。至少我的想法有變得積極向前，雖然也覺得好像總是向前到差點往前撲倒，但我的每一天都變得燦爛了，這點是事實。
島村是我的太陽……自己這麼說，都覺得難為情起來了。
不過，我認為有辦法像那樣面向類似希望的東西生活，以人類來說，應該算是非常棒的生活方式吧。至少我可以從中感覺到類似幸福的感覺。除此之外，在人生當中還能得到什麼嗎？昨天想這件事情想到半夜，結果沒能入眠。
靠近太陽就會相當刺眼、炙熱，實在無法抵達太陽所在之處。
即使如此還是會為了追尋光芒而向上生長的，正是地表上的生物。
我很慶幸我能找到光明。

我決定要鄭重向她表達對這件事的感謝。那就是我想告訴她的話。

……我並沒有妥協，也沒有加以掩飾。這是真的。

雖然睡眠不足，但我早上還是在教室門口等待島村，不過就只有這種時候，島村才會很晚來。不對，島村大多都很晚才來。在等待期間走進教室的同學們，都用怪異的眼光看向我。我回看一眼，他們馬上就像是感到畏縮般，把臉撇向別處。「不良少女」的認知有效發揮了它的作用。但是，也有人向我搭話。是日野跟永藤。

「安達兒妳在做什麼？」

「達達想要做什麼？」

我也不懂永藤想要表達什麼。我只能像是在對臨時取好，已經沒有我名字原形的綽號說：「啊，那個……」一樣，低下頭來蒙混過去。但是完全蒙混不過去。

「啊～是在等島村啊。」

「原來如此，原來如此。」

站在這裡的理由在一瞬間就被識破（永藤大概沒有識破），使我的臉頰瞬間發燙。我有那麼容易理解嗎？……很容易理解，很容易呢，嗯——我回顧自己最近的樣子，開始反省。日野她們在我反省的過程中走向了自己的座位。

島村居然可以正常對待行徑這麼可疑，在想什麼都一目了然的我，她真是個不得了的大人物。

也可能只是單純對我沒興趣。好寂寞。
我就像這樣繼續等，等到島村來的時候，真的已經是差一點就要遲到的時間了。
她看到站在門口旁邊的我便停下腳步，不解地歪起頭說：
「安達妳怎麼了？」
她今天很難得的沒有打哈欠。眼睛也不是濕潤狀態，而是乾的。
我也渴到喉嚨很乾，但現在要很有精神地打招呼才行。
「早……早啊～」
我心想要盡量開朗一點，結果就破音了。背上開始冒出冷汗。
可以感受到顴骨跟皮膚正尷尬地相互摩擦。
「早安……有什麼事嗎？」
「想針對太陽……這件事……」
「啊？」
島村皺起眉頭，一副「妳在說什麼東西啊？」的表情。的的確確就是那樣沒錯。
就算直接說出口，也只會讓我難為情而已。聽到我這麼說的島村保證也會很難為情。所以我更必須要把詩情畫意的部分去掉，用簡單明瞭的方式向她表達我的感謝才行。
感謝……呃，感謝……感謝……是要說「謝謝」。
「謝……謝謝妳……」

冒汗速度加快的同時，連意識都飛向了遠方。

我完全略過「因為……所以……」的過程，變成只有道謝了。

「也不是什麼需要跟我道謝的……咦？」

到中途都還配合著我的島村，突然顯露出心裡的困惑。

感覺我要是稍微有一丁點的鬆懈，就會口吐白沫。

「就是這樣。」就是哪樣啊？我全身僵硬地離開現場，逃離現場。我的眼角就像是沾到熱水一樣燙，抽搐的嘴中傳出「噫、噫」的怪聲。

「咦，什麼？怎麼回事？」背後傳來島村的低語，連耳朵都開始發燙。

我好想轉回去向她解釋。不行，跟她解釋的話一定會比現在更糟。所以我拚命忍耐，頭也不回地坐到座位上，然後把手肘頂在桌上，托住臉頰。我用手指用力壓住臉頰，試著想辦法把抽搐的嘴給壓平。我已經把想告訴她的事情告訴她了——雖然很想用這個想法讓自己接受這個狀況，但有點難度。

……該怎麼說——

講不出半句話，沒辦法直視對方的臉。很燦爛嗎？不，不燦爛，一刻都不得閒。

與其說生活變燦爛，不如說我是不是變成笨蛋了？

感覺這個問題的答案似乎就寫在島村現在的臉上，於是我閉上了眼，讓自己不去看。

關於今天的占卜，由於我沒能實踐「清楚告訴對方」中「清楚」這點，所以是我的過失。現在回想起來，都還是會對那僵硬的肢體動作感到鬱悶。那是什麼奇怪的生物啊？

就算很沮喪，我還是坐到了電視前面。這已經漸漸成了一種習慣。

我還沒辦法決定要對島村採取什麼樣的行動。

這個節目能成為這樣的我的指針，所以也幫了我很大的忙。

「啊，通靈人出現了。」

她很有精神地甩著頭上場。她在途中停止跳舞，向大家說明她沒有出現的理由。「我昨天感冒，頭很痛，所以沒辦法甩頭。」我一點也不想知道這些狀況。說明完以後，她又開始不斷甩頭。應該不是因為感冒，而是動作太激烈才導致頭痛的吧？她連同昨天的份一起甩，甚至讓人懷疑她的頭會不會掉下來。她的頭髮正在快速甩動。我焦急地踩地板，心想：快點說占卜結果啦。

只說結論的話，天秤座的結果是：「會因為和命運中的王子接觸而心跳加速！」

命運中的王子。完全沒有頭緒——我裝腔作勢地這麼想，扭動身體。

公布完今天的關鍵字是U時，我才終於肯面對現實。

可是，島村實際上是個女孩子啊。而且我也一樣……王子？

以我跟島村來說，誰才是王子？

考慮個性的話，果然島村才是王子？我比較像女孩子？是嗎？呃，要是不像女孩子的話就很奇怪了，畢竟我就是女的。島村也是個女生。她的頭髮軟蓬蓬的，肌膚也很漂亮……包括有些令人匪夷所思的部分，感覺她比我還要更像公主。

我好像沒有在島村身上尋求王子的要素……沒有的話，好像也不太妙。

我的腦袋開始感到混亂，而且連心跳都開始變快。

在碰到她之前，就已經心跳加速了。這樣占卜的結果算準，還是不準？

是哪個？

二月十一日（二）

「就是這樣，所以安達要一起來嗎？」

「……去永藤家？」

「嗯。」

明明是島村來約我，卻是要去永藤家。我需要一點時間來整理這種不對頭的狀況。

另外，站在島村背後的日野跟永藤則是雙手抱胸，擺著架子，看起來有點囂張。島村問我放學後要不要一起去玩遊戲，大概是那兩個人提議的吧。

「遊戲……我不太會玩耶。」

家裡沒有遊戲機，而且我也不曾在朋友家玩過遊戲。

最重要的是，我心底有種「我跟永藤算朋友嗎？」的想法。

「我不會勉強妳就是了。」

島村似乎也是沒有抱著太大期待來問的，馬上就妥協了。我還沒拒絕啊，雖然我其實很想拒絕，但是……慢著！——有種想法阻止了安心感的到來。

島村、日野、永藤三個人一起去玩。

想像島村在我不知道的地方，露出我不知道的笑容。

「啊，沒關係，我還是一起去好了。」

跟島村一起去的話就沒關係——我差點這麼脫口而出，連忙把這句話吞回去。日野她們就在後面，我是想講什麼不經大腦的話啊。「很好，人都到齊了！」日野她們很高興湊齊了人數。她們在歡欣鼓舞時，島村就像是在顧慮我般，看向我的雙眼。

看到島村那種表情，就會覺得她真的很有大姊姊的感覺。

「沒關係嗎？」

她像是看透了我的心境，再次詢問。

「嗯。」

跟島村一起去的話就沒關係。我小聲重述答應這件事的最大理由。

所以，放學後就出發前往永藤家了。永藤搭日野的腳踏車，島村則是搭我的腳踏車，不過，永藤抓住嬌小日野的肩膀的模樣，從旁人角度來看會覺得整體構圖很不協調。關於這一點，我的身高比島村高，所以應該很自然……吧。

握住島村的手時，會感覺她的手很大，很溫暖。可是她把手放在我肩膀上時，就會覺得她的手很纖細，很小。是因為現在是我在支撐著島村嗎？這麼一想就會感到有些自豪，但也會因為光這點小事就感到自豪很像小孩子一樣，感到很難為情。

……話說回來，占卜有說到和王子接觸……島村的手，在我的肩膀上。

「喔哇啊啊啊！」島村被不安穩的駕駛技術嚇了一大跳，是發生在我那麼想的下個瞬間的事情。

永藤家就和之前聽說的一樣是間肉店。店前站著一個看起來似乎是永藤父親的人。他看見回到家的女兒，便開口說：「喔！每次來的跟熟客，還有一個沒看過的也一起來啦！」

每次來的是指日野，沒看過的是指我的話，那熟客應該是指島村吧。我觀察島村的反應，島村就含糊地解釋說：「呃，因為母親想輕鬆一下的時候就會叫我來買，嗯……」

感覺島村跟她母親的感情真好。而且跟妹妹好像也處得很不錯。

我能有和她們並肩站在一起的一天嗎？

從店的後門走進永藤家後，日野就像是在自己家一樣走來走去，動手準備一台看起來很老舊的遊戲機。手把有兩支，看來是要兩個人輪流用的樣子。抽籤的結果是我跟日野用同一支手把。雖然不是跟島村一組很可惜，但也對那是這次抽籤的結果感到放心。

如果這是升上二年級的分班狀況，簡直不堪入目。前途真的是一片黑暗。

在店面的後頭是居家空間，也擺有暖爐桌。怕冷的島村立刻就鑽進了暖爐桌裡面。永藤也跟著鑽進去，日野則是把似乎是她專用的坐墊拿到電視機前。

她們說的遊戲就像升官圖那樣，而實際上也真的要擲骰子，好像只要利用擲骰子走到終點就可以了。畫面顯示出一開始身上有一千萬圓，害我忍不住大吃了一驚。說要帶上一千萬圓再出發，可是這些錢是誰給的？這已經不是能用做人大方來形容的等級了。我一邊計算現在的時薪要打工多久才能存到那麼多錢，一邊擲出骰子。在畫面中翻滾完的骰子，朝上那一面顯示著6。

「是個好兆頭呢。」

坐在暖爐桌裡，身體彎得像摺起來的坐墊一樣的島村開口誇獎我。她把臉貼在桌上，臉頰因為這樣而擠到變形……這樣子或許也挺可愛的。

坐在島村對面的永藤也用同樣的姿勢壓著臉頰。日野看到她擠壓的模樣，提到：「妳就去擠扁妳的胸部好了啦！」使永藤難得露出了不開心的表情。但她又立刻把臉頰貼回桌上，用這個姿勢懶洋洋地伸手找手把。我看向島村，發現她也一樣只有在動手臂。

……難得島村的表情看起來變得很年幼，應該沒關係吧？

「唔……」

我朝著目的地前進，結果豈止是一千萬圓，我只是停在藍色的格子上就拿到了好幾千萬圓。這種金錢單位的增加方式就像是某時期的辛巴威幣一樣，讓我訝異地睜大了雙眼。其他人都不在意這一點，看來這是正常狀況。感覺這個遊戲玩久了，金錢觀念會跟著麻痺。

被選為目的地的地方是新潟，距離東京很近。大概擲了三次骰子，就已經看到目標車站了。只要不通過那裡，剛剛好停在那一格就行了是吧？我擲出了骰子。只要擲出4就可以了吧？我這麼想，同時看向擲出的結果——

「啊，剛剛好走到那一格了。」

「喔喔！第一個到的居然是安達兒啊。」

日野用手肘輕輕頂我。我的確是第一個抵達終點沒錯，不過會有什麼好事嗎？……啊，好像拿到了很多錢。這似乎是要一直存錢的遊戲。不曉得有沒有規定要存到多少。

「目前第一名是安達啊，喔～」

島村不改把臉頰壓在桌面上的模樣，擠著臉頰小聲說話……好可愛。

不過我還沒完全理解遊戲規則，就算說我是第一名，我也感動不起來。

因為不知道，所以不了解。在我感到困惑時，不知不覺吹過一陣強烈的情緒之風。

我缺乏了某些東西。我缺乏各種經驗，然後形成一種扭曲。

我理解到我不了解的事情比其他人還要多。

我們在大約七點的時候解散，我稍稍鬆了口氣。

日野好像還要繼續留在永藤家，所以走出她家的時候只有我跟島村兩個人。會從只有我們兩個人的事實中感到安心的，應該就只有我吧。我看向由於裡面透出光芒而微亮的店面，發現一旁的柱子上張貼著各種廣告。有坐船環遊世界一圈的海報、政治人物的海報，當中還混入了一張以前上映的電影的宣傳海報。上面是一個公主牽著如王子般的男性走的圖片，我茫然看著那張圖的途中，圖上兩個人的脖子以上就變成了我們。

我大略想像一下，拉著我的手的女方就變成了島村。看來果然不論對方是什麼性別，我都會把島村投影到這樣牽引自己的人身上吧。如果可以被島村牽著手，兩個人一起走向任何地方就好了……我是不是有點危險？

或許我該慶幸天氣的寒冷讓我嚇到回過神來。

回過神來，溫暖就已經成了過往。刺骨的低溫和如霧氣般沉靜的黑暗環繞在我們身邊，使得島村的身體輪廓因而變得模糊。

我必須要和島村說那句話才行。我騎著腳踏車繞到她面前。

「那個……我送妳……一程吧？」

就不能再講得流暢一點嗎？我只發得出癱軟無力的聲音。

「這樣會繞遠路，沒關係嗎？」

我用力點頭。接近島村哪裡算繞遠路了？

「那就恭敬不如從命了。」島村和來這裡的時候一樣，站在腳踏車後面。才在想島村放在我肩上的手力道變強了，她就探頭看向我的臉。
「話說妳的個性跟一開始的時候還差真多啊。」
島村用她圓圓的雙眼看著我，感慨良多地小聲說道。
「……別提這件事……」
因為就算身為一切原因的島村沒有提及，我也有自覺到這個事實。

通靈人跳完舞就會開始占卜。這就是這個節目的一切真理。
我不曉得是否真有跳舞的必要。不過占卜跟通靈人莫名很有那種感覺。哪種感覺？
『想拉近距離的話，就主動採取行動吧！不可以被動！』
明天的天秤座似乎不主動點不行。聽起來就好像很廉價的人生格言。順帶一提，島村的是「可能會被很照顧人的個性耍得團團轉」。島村在個性上的確是個很照顧人的大姊姊，但這感覺很像是會在雜誌上出現的普通占卜結果。
該不會這個節目負責占卜的人不是固定同一個吧？
順帶一提，今天的關鍵字是G。明天好像就是最後了。我已經不記得第一個字母了，所以一點意義都沒有。我抓住腳底，像個不倒翁一樣晃來晃去。更重要的是——
居然要我主動採取行動。這讓我很想說：如果可以，我一開始就那麼做了。

而且我也不是沒有採取行動。我也在用自己的方式拚命努力。

正因為這樣，所以我想知道的，並不是只要採取行動就好這件事。

而是希望別人能告訴我，該採取什麼樣的行動。

二月十二日（三）

「……沒有來。」

雖然我從早上到放學後都有定時回頭確認，但島村位於斜後方的座位上一直都沒有人在。我有來但島村不在教室是很稀有的情形。周圍就如熱氣上升般逐漸響起喧鬧聲，而我則在這個環境下拿起手機確認。

『妳今天請假嗎？』

我在午休時傳了這封郵件，但還沒有收到回應。她昨天還很有精神，是不是突然身體不舒服，就臥病在床了……要去探望她嗎？而且島村之前也曾來找我。

而且又好像不能被動的樣子。

但島村沒有回應我的郵件，也無法證明她在不在家。所以就算去了也可能是白跑一趟。

也或許會遇上島村的母親，體驗一段尷尬的時光。雖然懷抱著各種不安，但一旦下定決心，身體就自然而然地動起來了。雙腳啪噠啪噠地發出輕盈的腳步聲。

今天腳踏車的踏板肯定也會轉得很輕快吧。

車輪如我所料地順暢轉動，把我載往島村家。最後再確認一次手機，確定沒有回應後，便按下門鈴。稍微等了一下，就開始聽見走廊傳來噠噠噠噠的輕快腳步聲。腳步聲聽起來很輕盈，感覺以島村來說，這樣的腳步聲有精神過頭了。呃，這樣講是不是有點沒禮貌？

「來～了！」

很有精神地打開門跑出來的，是一個水藍色頭髮的人。

胞子般的水色粒子順著開門產生的風，飄來籠罩住我。

「來～了？」

她面帶微笑舉著手，只歪起了頭。

「喔喔！妳是安達小姐吧。」

「是沒錯……」

雖然我沒辦法馬上想起她的名字，但她就是那個穿著太空服的女孩子。不過她今天是穿連身裙，還是露肩的。有種她完全沒有具備季節感這種東西的感覺。

她為什麼會在這裡？我往她身後望去，也沒看到有其他人走出來。

「島村呢？」

「在睡午覺。所以要『噓～』喔，噓～」

她把食指貼在唇上，要我別講話。呃，妳那樣也挺吵的耶。
不過，睡午覺啊。看來不是感冒之類的，這點讓我放下心。看來只是單純的翹課而已。但她翹課，跟這個女孩子有什麼關係嗎？我無法掌握事情的前後是什麼樣的狀況。
「對了，妳來得正好呢。」
女孩伸手輕拍我的腳。
「我差不多該去確保我的晚餐了。」
「這樣啊……」
「所以，這裡就交給妳了。」
女孩光著腳就跑到了外面，跑向遠方。我傻眼地目送那太過自由奔放的背影離開。就算說交給我，但該怎麼辦？只要看著島村就好了嗎？
那樣的話，大致上和平常沒什麼兩樣……我該不會是在跟蹤島村吧？
「不對，才不是，應該不是才對……只是做法有點偏差而已……」
「仔細想想，不能讓妳出來應門啊……」
島村一邊喃喃自語，一邊從走廊盡頭走來。她揉了揉眼睛後，和站在玄關的我四目相交，黯淡的雙眼因而亮起了光芒。我也停止自言自語，挺直背脊。
「咦，這不是安達嗎？」
很明顯是剛起床的島村，露出看到意料外的事物的眼神。我低下頭，島村便拉起自己的衣服往下看。她沒有穿著制服外套，底下的制服滿是皺褶。雖然她稍微露出有些在意的模樣，不過說了一句「算了，沒差」以後，便直接往我這裡走來。我是不是也該說一下她那誇張的翹髮？

「社妹呢？」

「她說要去確保晚餐就跑出去了。」

「是喔。還真是個隨性的傢伙……那，安達妳呢？」

有什麼事嗎？——島村用眼神向我詢問。

「因為妳今天請假，我以為妳感冒了。我還有傳郵件給妳……」

我的話中摻雜著微量對她沒有回應郵件感到的，像是鬧脾氣那樣的感情。沒有察覺話中這股感情的島村回頭看向房間，然後向我道歉，說：「啊，抱歉，因為手機一直放在書包裡面，就沒有發現。」就算她向我道歉了，我仍然微微噘著自己的嘴唇。

因為我不小心想像她是不是不來學校，在跟剛才那孩子玩。

「所以，我就來探望妳了。不過好像吵到妳睡覺了。」

「喔！安達人超好的。」

島村笑著調侃我。接著，她的手伸向了我的頭。

雖然嚇得腳底彈了一下，卻也接受那小小的影子來到我的頭上。

她的指腹先碰到了我的頭髮，然後溫暖的手掌心便包覆住前額。

果然在這種時候，就會覺得島村的手很大。

光是她的手指梳著我的頭髮，就會讓我的心臟跟牙齦發出陣陣哀號。

「啊，不小心就伸手了，抱歉。」

島村打算收手。我感覺到她想收手，並回想起占卜結果，於是將身體往前移動。這麼一來正負相加就會得零，島村的手依然在我的頭上。由於我低著頭，沒辦法確認島村的反應，但她沒有說半句話。我也咬著唇忍耐，發不出任何聲音。我維持這個姿勢靜靜等著，不久，島村便默默地再次撫摸我的頭。

我想，我就是為此而來。把之前的理由、想法什麼的全都用力丟掉，全改寫成後來追加的理由就好了。理由這種東西不用管它的順序也無妨。就算不是根深柢固的理由，也只要扭轉因果關係，讓理由成立就好。

我在逐漸發燙的腦袋深處，深深確認我在這裡的意義。

明明被其他人摸頭，弄得頭髮亂七八糟也只會覺得不愉快。

為什麼只是被島村觸碰，我就會像是一團火球一樣發熱？

為什麼言語就會失去意義？

這些問題的答案，似乎可以用兩個字來表達。

這個占卜節目意外陪了我很長一段時間。

我從途中開始就沒怎麼在想準確度的事情，所以也不知道有多準，但占卜確實多少有讓我的每一天產生變化。占卜是好是壞，或許取決於能讓聽到占卜結果的人採取多大的行動也說不定。

不過說到這個占卜節目好不好，我會覺得不太好就是了。

今晚的星座占卜全都是「不要忘記買巧克力喔！」。雖然根本就已經不是占卜了，但很簡單明瞭。然後從他們馬上開始介紹某間店的巧克力網購這部分來看，他們在想什麼真的是淺顯易懂。

慣例的關鍵字也已經來到最後一個，最後是以「今晚的關鍵字是A」來作結。接著通靈人馬上開口說關鍵字全是自己決定，開始娓娓道出當中的由來。此時從後面有數名工作人員跑出來，想把有些脫序演出的通靈人帶到鏡頭外，結果演變成扭打的狀況。雖然通靈人說著「我就是喜歡這樣，有什麼關係啊！你們這些混帳有意見嗎！」反抗工作人員和一起參加節目的人，但還是就這樣被帶離了現場。

地板上只剩下她離開時弄掉的一團假髮。

其他來賓默默拿走假髮並露出笑容的畫面看起來很奇妙。

在看到他們是送什麼禮物之前，我就先關掉了電視。雖然有說到要把訊息怎麼樣的，但我早就忘了第一個關鍵字，所以也沒辦法參加募集活動。

話說，也差不多到不能光看不做的時候了。
就像今天的占卜結果那樣。

二月十三日（四）

回過神來，已經是十三日了。
我還記得星期日有做巧克力跟被島村摸頭的事情，其他幾乎都不記得了。總覺得想忘記的事情比忘掉的還多，不過那是錯覺。
明天就是情人節了。所謂光陰似箭就是指這麼回事。以前明明慢到不行的時鐘指針就像壞掉了一樣，不斷快速轉動。而我的視線也會跟著指針一起轉動，害我驚慌失措。這可以說是最近抱有的一大問題……先不管這個。
我還忘記了一件事。
今天傍晚以後要打工。
「……………………」
怎麼辦？我穿著旗袍，焦急地站在店門口。我還沒有買巧克力。原本想要今天去買，結果完全忘了還有打工的存在。在上課時突然想起這件事究竟算是幸運，還是不幸的開始呢？

我呆站在原地，甚至忘了要藏住旗袍的開衩。思緒變得越來越混亂。怎麼辦？怎麼辦？

雙眼和生理時鐘都轉動得很順暢，腦袋就不能也像那樣靈活運轉嗎？

這樣的話，就只能看當天狀況來一決勝負了。找個地方買巧克力，再把它交給島村。大概就只能那麼做了。啊，可是能跟島村一起出遊這點很不錯，我覺得很不錯，嗯。

比起把巧克力帶去學校給她之後就沒下文好太多了。

問題在於要當天買的話，就很擔心會不會大排長龍，或是根本就賣光了。排隊要多久我都願意，但賣光就真的一點辦法也沒有。

如果買不到……就挑其他點心吧。就算不拘泥於巧克力，應該也沒關係吧？重點在於要在情人節送禮物給島村，還有收到她的禮物。這麼一想，心裡的不安就稍微淡了一點。

可是在快要消除一個不安的時候，就會突然有別的事情像氣泡般浮上。

島村她有多少在意一下明天的事情嗎？她沒有忘記吧？對了，想要明天一起出遊的話，就要問問她的預定行程，先跟她約好才行。再怎麼說也不能在工作時正大光明地用手機，不過現在也還沒有客人來，於是我偷偷摸摸地往後場走去。

店長不在後場的員工休息室裡。一看便發現店長同樣也在後門外頭講電話。我心想太幸運了，接著從包包裡拿出手機，連忙寫起郵件。我寄了內容是「明天有空嗎要一起去哪裡嗎可以一起去玩嗎？」的郵件給島村。

因為工作的時候沒辦法確認，所以我把自己的願望全寫在一起寄給她以後，就立刻回到了外場。外場還沒有客人，不過我看到同事的紅色車子開進了員工專用停車場。

掛在店門口附近的月曆映入我的眼簾。我注視著月曆上的十四日。

上面用紅字寫著「情人節」，像是例假日的預定行程一樣。

就是明天了。

一想到這點，心裡就開始躁動，雙腳甚至差點就不禁跳了起來。

一起迎接情人節，應該是件非常特別的事情才對。雖然不知道她會有什麼回應，但那天能在一起是自聖誕節以來的一大活動。我很期待，心跳也快到會覺得心臟很痛的地步。

當然對象並不是選誰都好，正因為對方是島村，我才會有這樣的反應。

既然這樣，那為什麼是島村？位在某處的自己向自己心中的某處提出這個問題。

例如，如果來體育館二樓的人不是島村而是別人，我就會……喜……歡……不對，是對那個別人抱有好感嗎？我想像了一下，覺得那種事應該不可能發生。是別人的話，我應該會連話都沒說上幾句就匆匆逃出體育館，跑去別的地方獨自坐著吧。

為什麼我有辦法待在島村身邊那麼久？

可能是因為島村她是我的命……命運之人……的關係……吧。

明明也沒有在講話，卻差點咬到舌頭。命運……命運是怎樣！

「噢！紅通通～」

同樣在這裡工作的阿姨走了進來，用生硬的語調來調侃我，當作是打招呼。

我的臉很紅嗎？她說出的這個事實讓我的眼底開始發熱。
「因為是冬天……呃，就像是太冷了皮膚裂開那樣……」
「太熱了啦，混帳！」
阿姨脫下紫色夾克，抱怨暖氣太熱。
是嗎，原來是很熱啊。是嗎，原來是太熱了啊。原來是這樣啊。
那讓我很懷疑過一段時間就會燙傷的火熱肌膚，應該也是暖氣害的吧。

於是，明天即將來臨。
星期五可能真的是決戰之日也說不定。

附錄「社妹來訪者4」

「我來拿巧克力了。」

「……什麼？」

繼昨天以後又來到我家的小社站在玄關前，說著這種話。

姊姊跟黏在身後的我都訝異地看著她。

「我聽說可以拿到巧克力！」

小社不斷轉動手臂，催促我們趕快給巧克力。喔喔！她期待到眼睛都亮了起來。如果是小社，就算這句話不是比喻，而是她那和頭髮顏色相同的雙眼真的會發亮，也不是什麼奇怪的事。

「妳在說什麼？啊~是在說情人節嗎？」

「就是那個，就是那個！」

小社點了兩次頭。感覺她頭部的動作輕盈到了極點。

就像是總之先點個頭那樣。

「我覺得就日期而言，現在比較接近節分。」

「那就當作是那樣吧。」

小社露出開心的笑容這麼說。這樣也可以嗎？姊姊也覺得很傻眼。

「到底是從誰那裡聽來的……冰箱裡有巧克力嗎？」

姊姊準備轉過身去。「不過在那之前……」她用手壓住一直跳來跳去的小社的頭。

「妳先安靜等著。」

「我會安靜～」

說完，小社就挺直身子。姊姊看到她這麼做以後，就走向了廚房。

我感覺到一股視線，所以就決定直接面向小社。

小社大概只「安靜～」了五秒。她大大的雙眼看向我。

她的眼睛還是一樣漂亮。只要注視著她的雙眼，或被她注視，就會覺得心跳加速。

「也請小同學給我巧克力。」

「啥！」

小社把雙手弄成碗狀伸向我。居然連我都不放過，還真是奢侈。

唔……我注視著她小小的手掌思考。這麼一看，就發現她連指甲都是淡淡的水藍色。

是指甲油嗎？

「如果小社也要給我的話，我可以給妳。」

「為什麼？」

小社非常不解地歪起頭來。看來她似乎以為這是能單方面收到巧克力的日子。
說真的，她到底是從誰那裡聽來的？
「因為情人節就是那種節日啊。」
「是嗎？」
「大概吧～」
我開始不斷轉起手臂。小社也轉起手臂。轉來轉去。
「那麼，下次見面的時候就交給妳吧。」
「妳說下次……」
不知道會是什麼時候。而且我也不知道小社的家在哪。
我主動去找的話就絕對找不到她，但不知不覺，她就會擅自出現在身旁。
小社該不會是妖精吧？
小社的頭髮纏繞在我的手指上，持續散發著微微的水藍色。
感覺要是在睡前不經意被她的頭髮所吸引，一直注視的話，會永遠無法移開視線。
「啊～好冷。」姊姊邊這麼抱怨，邊走了回來。她是家裡最怕冷的人。
好像就和媽媽說的一樣，是毅力不夠的樣子。我懂，我懂。
「還剩下夏威夷果的。」
姊姊拿了一整盒過來的，是上個月別人從國外帶給她的伴手禮。

「喔！不錯耶～」

小社撲上去抓住盒子，然後以一副「我拿到啦！」的感覺用兩手把它拿起來。

「我下次也會帶回禮給島村小姐喔～」

「咦，妳打算全部拿走嗎？」

「好耶～」

小社完全沒有聽人說話，就這樣跑走了。

她舉著巧克力盒子的模樣看起來相當開心，還踏著小碎步。

「哎呀呀……算了，沒差啦。反正也只剩差不多三個而已。」

姊姊打了個冷顫，像是在表達她比較在意寒冷的天氣。

……下次嗎……我也要準備巧克力才行呢。

姊姊看著小社消失在遠方，發牢騷說：

「怎麼每個人都想要巧克力啊。」

「每個人？」

我疑惑地歪起頭來，姊姊就嘆著氣撫摸我的頭。

「妳也想要嗎？」

「我也不是不能收下妳的好意。」

哼哼哼——我手扠著腰，擺起架子。

弓起的肚子被用手指戳了一下，害我嗆到。
哼哼哼。

「今天的安達同學」

島村突然說要來比誰的腳比較大。

我不太清楚是怎麼回事，還是脫下鞋子，把腳底貼上她的腳底。我的腳比較小。

島村確認完這件事之後，就說著「原來如此，原來如此」離去了。

……咦，什麼？什麼？怎麼回事？

第三章 「編織過去的荊棘，古典玫瑰」

二月五日（三）

我在抄板書的同時，也望向安達那看起來非常不專心的後腦杓。不斷左右晃動，不穩得就像快掉下來的乳牙一樣。不過她一直維持這個狀態，就某方面上來說也算是很穩定吧。

對我來說，這至少比看著課堂上的黑板還要不膩。

然後到了放學後，安達跑來問我喜歡哪種巧克力。因為這問題來得挺突然，我稍稍陷入了沉思。感覺要是開玩笑說我只吃歌帝梵巧克力，安達很有可能會真的去買，所以不能隨便亂說。於是，我給了喜歡牛奶巧克力這個中規中矩的答案。

或許她是想在買巧克力前先問過我的喜好。那我是不是也該先問一下比較好？但在我察覺這件事之前，我跟安達就已經先道別了。還記得的話，明天再問就好，所以我沒有勉強自己去追她。不過，明明還有很久，安達還真性急。

以我的角度來看，「十天後」是非常遙遠的未來。

我有點羨慕時間流動速度和我不同的安達。

而時間流逝得特別緩慢的，果然還是讀書的時候。常常會有我以為已經讀了很久，可是一看向時鐘，卻發現只過了三十分鐘的狀況。這時候，我的注意力會馬上散掉，沒辦法讀書，所以只好休息。

至於二樓用來讀書的房間裡為什麼會多了一台小電視，呃……這可能跟時間流動的速度有關。要是沒有電視這類的東西，光是在念書，常常會覺得時間流逝得太緩慢，很無聊，最後就會順勢睡著。

雖然也不是說很晚睡就會變聰明就是了。

我邊趴在桌上感受著腰際傳來的寒冷，邊看著電視，看到一抹長髮在飛舞。

「啊，是通靈人。」

節目才剛開始，就有個誇張的傢伙在跳舞。這個人在其他電視節目裡，也是出來就一直講些莫名其妙的話，講完就跑到攝影棚外面——這就是她的風格。她就像是那種經常會在當地……應該說是在名古屋的節目裡登場的當地搞笑藝人，所以這大概也是名古屋類型的節目吧。順帶一提，她前陣子還曾喊說：「我有看到水藍色頭髮的人！那一定是外星人！」說什麼水藍色頭髮，又是外星人的，哈哈哈，為什麼水藍色頭髮就會是外星人啊？這兩個一點關係都沒有嘛，哈哈哈……嗯？

通靈人跳到累得上氣不接下氣，節目其他來賓也引導節目進到下一階段。稍微看了一下之後，發現這是占卜節目。雖然我對這種節目沒興趣，還是決定至少看到自己生日月份的占卜結果出來。不過這卻是星座占卜，讓我有些傷腦筋。我是什麼星座？

大概是羊或牛，但我不太確定。牡羊座的結果是「注意遺忘的回憶，幸運色是藍色」，金牛座則是「看到不該看的嚇人景象」。到底哪個比較好呢？

節目在我思考的時候又進入到下個階段，說關鍵字怎麼樣的。等他們說完，我就關掉了電視。

雖然通靈人跳舞挺有趣，不過我對占卜沒有興趣，所以我不會再看這個節目了。

應該吧。

二月六日（四）

我感覺到安達的視線。雖然幾乎每天都感覺得到啦，不過今天是安達在上課的時候沒有回頭半次，我卻感覺得到安達的視線（類似的某種感覺）。安達妳太厲害了。

我有想過很多造成這種現象的可能原因，像是今天是不是有發生什麼事之類的，但我應該沒有做什麼會特別受矚目的事情才對。從我坐到教室座位上，應該說在上課之前，安達一直在我旁邊盯著我看，所以應該有什麼事吧。不過我完全摸不著頭緒。

安達在午休的時候也過來了，所以我們就直接一起吃午飯。我和安達都是吃現成的鹹麵包。我有帶過幾次母親一時興起做的便當，但安達從來沒有從家裡帶便當來。因為這樣，看著安達吃東西的樣子，就能感覺到她覺得動口很麻煩，對吃東西和食物的味道也沒興趣……

我想起安達母親的臉，還有她對女兒的看法。原來如此，如果有人這樣吃下自己辛苦做好的料理，就算對方是親生女兒，或許也會覺得心裡不舒服。最近安達的行為舉止是有些可疑，但也不是完全面無表情。要是她肯把想法表現出來，和家裡的關係可能會有不一樣的發展。但老實說，我沒有要深入她們家務事的意思。

比起那個，我更在意安達現在的狀態。她一直看著我卻什麼都不說，讓我有點傷腦筋。雖然我覺得她應該不是這個意思，但我問她是不是想要我的麵包或飲料，她也說不是。在我傷腦筋時，安達提出了一個不曉得是否和她這樣的原因有關的問題。

「島村是什麼星座？」

她問了個很奇妙的問題。問星座我也不清楚，所以我把生日告訴她，讓她幫我判斷。我問她我是什麼座，她卻沒有立刻做出反應。這時，日野她們也前來加入了對話。

安達只是看了她們一眼，沒有多說什麼，但她們過來的同時，安達的表情也變得僵硬。那表情就像她正在靜靜咀嚼的麵包一樣乾。

安達和我單獨相處的時候很鬆懈，散發出的氛圍和氣息就好像是要供應給我一樣傳來，試圖和我交流。但是一有別人介入我們之間，她就會立刻在周圍張開一層看不見的膜，連同那股氛圍一起把自己關在裡面。她不打算把那股氛圍分享給日野跟永藤，也不喜歡別人踏進自己的領域。

安達是個精神上的家裡蹲。

她的表情，或許只會在跟我獨處的時候變柔和也說不定。
……這讓我很疑惑，她為什麼會對我敞開心胸到這種地步。
感覺真的開始覺得她像妹妹了。我們家的妹妹也是偏向不對外人敞開心胸，所以我好像有種「所謂妹妹就是這種感覺」的先入為主觀念。
先不管這個，我有些在意一件事情，於是我回問安達：
「妳為什麼要問星座？是占星術之類的嗎？」
「呃……這個嘛……」
語塞的安達撇開視線。
如果是生日就算了，問星座能當什麼參考？
她會不會是很熱衷占卜？我這麼想的時候，想起了昨天的占卜節目。安達也有看嗎？可是會注意別人運勢的人應該不多吧。
之後永藤說著莫名其妙的話時，我發現安達在不知不覺間回到了自己座位，話題也就此結束，剩下的就只有類似安達視線的感覺。
「…………………………………唔……」
結果，我到底是什麼座？

放學了！到家了！去悠哉休息吧！就在我換好衣服，決定之後要做什麼的時候——

「去肉店買些配菜回來。妳和老闆的女兒是朋友吧？」

「朋友和義務跑腿有什麼關聯？」

「搞不好可以有些優惠啊，對吧對吧？」

母親用肩膀推著我。對永藤抱那種期待沒有用啊。

因為這樣，我不得已只好出門，而這正是遇上一連串巧合的開始。要是拒絕跑腿，晚餐時餐桌上會變得很空虛，所以實質上是強制我外出。我帶上腳踏車鑰匙離開家門時，妹妹正好要到家了。我向遠方路上的妹妹揮手後，她就用她的短腿迅速跑來。

我把全家共用的腳踏車拉到外面，此時妹妹也來到了我面前。

「我回來了～」

「歡迎回來。」

她說完吸了一下鼻水。她的鼻子和臉頰被冬天的寒風吹得紅通通的，整個臉的配色就像麵包超人一樣。

「姊姊妳要出門嗎？妳是要去哪裡啦？」

她張開雙手，擋在我前面。

「我要去買晚餐的配菜，妳要去嗎？」

「要早點回來喔。」

她毫不猶豫地走過我旁邊，進去家裡。怕麻煩這點用不著學我啊。不過，現在快到晚上了，我也不打算讓妹妹一個人出去。

我在還在猶豫要不要加一件上衣的時候，就已經騎上腳踏車了，所以我決定直接穿這樣出門。我超過在回家路上的小學生和國中生們，朝永藤肉店前進。

到肉店這段路騎腳踏車不算遠，沒多久就到了。現在在店裡負責接待客人的是永藤的父親。他因為女兒的關係也認識我，所以一看到我就說了聲「嗨」來打招呼。先來的客人聽見這聲打招呼後，便轉頭看向我。她冷色系的頭髮隨著動作緩緩飄動。

對方是個比我高半顆頭的女生。她蓬鬆的長髮有微微燙捲，底下的耳環反射出了亮光。身上隨興地穿著和我不同學校的制服。

那個女生立刻把頭轉回前方。我站在她的斜後方，和她稍微保持距離。

不知道她是不是跟我一樣被叫來跑腿。沒想到會有其他和我一樣的女高中生。

我也準備點菜，伸出手指，沿著展示櫃裡的各種商品移動。這時，剛才的那個女生突然看向我。她轉過頭的同時，眼睛也跟著連忙瞪大，而她轉頭的動作實在太突然了，讓我也嚇了一跳。我半蹲著靜觀這究竟是什麼情況時——

「小島？」

她面帶半信半疑的表情，喊出我的名字。

而且還是很親密地叫出我的綽號。

我的腦袋產生些微麻痺。雖然視線失焦，但我還是動起腦，試圖掌握情況。

會那樣叫我的，只有小學時的朋友，這樣的話……

我比照過去的情形來找出眼前這個人的身分……啊。

「妳是樽見嗎！」

「對對對！」

對方聽見我說出以前朋友的名字後，做出很開心的反應。看來沒有猜錯。

她是我讀小學時，跟我最要好的朋友。

沒想到會在這種地方見到她。在肉店重逢一點也不像女高中生啊。

我也在點完菜後，和樽見互相對望……我完全沒發現是她。

聽說她現在是真正的不良少女，不知道是不是真的。

「小島……啊，不對，這年紀用『小』是不是不太適合？對吧？啊，嗯，小。」

咦，居然是留「小」字嗎？變得像鮭魚子（註：日本長壽作品《海螺小姐》中的幼兒，只會發出特定的聲音）一樣的樽見，又馬上說「也不會吧」，撤銷剛才說過的話。感覺她不像謠傳的那麼壞，她的困惑也讓我鬆了口氣。

看來不會因為是認識的人，就突然揪起我的領口要我交出錢包。

「算了，叫妳『小島』就好了吧？」

「我也……這麼想。」

我還無法把眼前的女生完全視作以前的那個朋友——樽見。

原來只隔了國中三年，就會有這麼大的變化啊。根本一點以前的樣子都沒有啊。

樽見在相當近的距離下仔細注視著我。

她的視線就像穿透了我的臉跟頭髮一樣，讓我差點忍不住往後退。

「感覺小島變得很漂亮？」

「就算妳這麼問……」

我沒有自戀到會馬上回答「沒錯」。

「讓妳久等了。」樽見點的菜好了，接過包裹的她向老闆微微點頭道過謝後，也斜眼看向我。因為我和她的身高差距頗大，她這樣讓我覺得有些壓迫感。

「再見了。」

樽見輕輕揮手說道。

我隔了一拍，才回她一句：「嗯，再見。」

微微舉起的手掌就像樹葉般無力地揮動。

「……再見……嗎……」

我輕輕彎下指尖，對這個詞感到存疑。

實際上真的還有辦法再見面嗎？

想著想著，樽見又走回來了。是忘了什麼東西，還是要再加點嗎？

我茫茫然地等著時，她就站到了我的面前。啊，原來她是要找我啊。
「我可以問妳的手機號碼嗎？」
樽見用手指玩弄著側邊的頭髮說道。真是個令人意外的要求。
「啊，嗯，是可以……啊，可是我沒帶手機。」
「那……」
樽見打開書包，拿出文具。她拿出跟新的沒兩樣，連封面都是純白的筆記本，然後撕下內頁的一角放在書包上，開始寫字。寫完後，她把紙條遞給我。
「這是我的號碼。」
「嗯。」
她居然記得自己的手機號碼啊——我在奇怪的部分對她感到佩服。
「回去之後打給我吧。」
我收下紙條之後點頭說「知道了」。迅速收起文具和筆記本的樽見開口說：
「呃……就是這樣，所以再見了。」
因為是講第二次，有點尷尬，但還是再次說出同樣的話語。
又說了一次「再見」。
「……嗯……」
在我感到困惑的時候，永藤的父親說了聲「好了喔」，把包裹遞給我。我收下包裹的同時，也發現到永藤父親身後的人影。

「希望妳可以早點發現我，因為很冷。」

我聽到有聲音傳來，於是凝神注視那個人影，發現是永藤從店面後探出了半個身子。身體有一半躲在牆壁後的永藤橫著走進店面，在店面接待客人的永藤父親看到她之後表情變得很微妙，像是在說「就算妳出來，也幫不了什麼啊……」一樣，那表情給人留下了很強烈的印象。

「永藤同學看到了，比家政婦低調一點地看到了。」

她沒有戴眼鏡，真的有看到嗎？

「看到剛才的景象有讓妳很開心嗎？」

「沒什麼感覺。」

我想也是，畢竟只是碰巧遇到以前的朋友而已。

「樽見她……剛才那個人常常來這裡嗎？」

「不知道。畢竟我也幾乎沒有出來顧店。」

因為不只派不上用場，還反而會妨礙生意——這是永藤父親對她工作情形的評語。

永藤默默看向父親的側臉，之後又若無其事地回頭看向我。

這傢伙真的會有慌張或不知所措的時候嗎？

「日野也在裡面嗎？」

「她陷在暖爐桌裡面。」
「那還真令人羨慕。」
「妳要不要也進來？」
「家裡叫我早點回去，就不用了。」
我必須要在菜冷掉之前，踏上寒天下的歸途才行。
「謝謝惠顧～明天見～」永藤可能是很在意父親說的話吧，她這麼對我說。而我和她道別後便踏上返家之路。我往樽見離去的方向看了一眼，接著收起手機號碼的紙條，蹬了一下地面，讓腳踏車前進。
用力踏下腳踏車踏板後，我吐著白霧小聲說：
「真是嚇了我一跳。」
一說出口，就變得不太清楚自己是不是真的覺得驚訝。
「好像也沒有很驚訝吧。」
感覺每當我自問一次，就會有寒氣竄進心裡，讓我的內心溫度漸漸降到冰點。
我像是要咬下吐出的氣般闔上嘴，接著，夜晚中就只剩下車輪轉動的聲音。
冬天沒有蟲鳴聲，所以外頭會格外安靜，不會有任何事物擾亂感受到的空氣。
稍稍加快行進速度的同時，我回想和樽見道別時的那句話。
再見了——我們真的還會再見嗎？樽見和我希望那樣嗎？

雖然我們以前確實有是朋友的理由，但現在呢？

我不曉得是否能去除掉「以前的朋友」的「以前的」這幾個字。

不過，我也覺得——

再見這個臨別招呼，比「永別」還要美好得太多了。

回到家後，在我正準備打電話前，傳來了一封郵件。是安達寄來的。

『妳喜歡白巧克力嗎？』

「嗯……很好吃啊。」

我邊想像舌頭上有巧克力的感覺邊回信，之後就按約定打電話給樽見。樽見馬上就接起了電話。

『喂，是小島嗎？』

「嗯，對，我是小島。」

這個綽號有些令人難為情，但講電話的時候我就能接受。

電話另一端傳來的除了樽見的聲音以外，還有各種喧鬧聲。

「感覺妳那邊好熱鬧。」

『因為我現在在超市。』

「超市？」
以不良少女來說，她去的地方還真健全。與其說是健全，不如說是健康？
『總之，我因為一些事情才來這裡。對了，下次要不要一起去哪裡玩？』
她有些突然地提出邀約。我也考慮到她是以前的朋友這個微妙的要素，回答：
「是可以，不過等過一陣子吧。」
『嗯，等過一陣子。那樣就好了。』
她自顧自地接受這個說法，我也很傷腦筋。當我正感到詞窮時——
『我剛才忘記跟妳說一件事。』
「什麼事？」
我感覺到電話另一端的樽見吸了口氣，然後——
『好久沒見到妳了，我好高興。』
眼前變得一片模糊。視線失焦，腦袋一陣暈眩。
『……就這樣。』
她小聲地再補充一句，然後掛斷電話。
「妳說就這樣……」
我對著已經掛斷的電話這麼說，理所當然的，沒有人回應。而我自己也沒有對這句話做出回應。

放下手機之後，我雙手環胸，臉頰有些發燙。

說得這麼直接，讓我這個青春期的高中生很難為情，就好像是自己說的一樣。

「居然說很高興啊……」

看來，至少她是去除了「以前的」這個形容詞的樣子。

會不會太快了？她會不會太輕易地就去掉這詞了？她這種態度讓我內心分外糾結。

朋友是這麼容易處理的關係嗎？我們的友情根基有這麼厚實嗎？

以我這個當事者的角度來看，老實說，應該沒那回事吧。雖然我是這麼想……

「……唔……嗯……」

不過，被人說見到面很高興，也還不壞。

感覺還不壞。

二月七日（五）

午休時間，難得安達這時候會在教室桌上擺東西，我一開始還以為她帶了便當來學校。

我心想若是那樣，那一起吃午餐應該也不壞，於是就帶著代替便當的麵包走向她的座位。安達低著頭靜靜吃東西，沒有發現到我。我繞到她的桌子前方，看向她的桌面。

「唔哇！」

我不禁發出聲音，安達也發現到我的存在而抬起頭。

放在桌上的，是市售的巧克力。各種品牌的巧克力從超市的袋子裡露出來，而安達正在吃的也當然是板狀巧克力。

「拗村……」安達咬著巧克力小聲說完後，就像是突然察覺到什麼事一樣地藏起超市的袋子。吃巧克力當午餐是很驚人，但我不認為有藏起來的必要。

雖然我確實是不知道安達喜歡巧克力到這種地步。

還有，她的頭髮怎麼了？今天的安達在頭上養了隻小馬。

「是因為那個嗎？像是讀書讀到用腦過度，要補充糖分之類的。」

「我……我想應該是那樣。」

她立刻點頭認同我的答案，速度快得讓我懷疑她到底有沒有認真聽完才回答。她把手肘頂在桌上彎起腰，桌上則擺著一瓶礦泉水。看到這個景象，讓我覺得有些安心。

坐在那裡的是我認識的安達。

至於我不認識的安達……應該是跟著頭一起晃動的那個吧。

安達的頭在左右晃動。她的馬尾隨著動作搖曳，散發強烈的自我主張，就好像要我快點發現它一樣。當然，我馬上就發現了，也忍不住把視線集中在上頭。

這個變化非常顯眼，課堂上我時常也會注意到馬尾晃動的模樣。

她心境上有了什麼變化嗎？她因為綁頭髮而露出來的耳朵，也跟著微微顫動。

「聽說吃太多巧克力會流鼻血，不知道是不是真的。」

我說出突然想起來的一件事，安達就摸了一下鼻子。她用袖子擦過鼻子，確認沒有沾到血之後，就往我這裡看來。她這樣默默看著我，我也有點傷腦筋。我也跟著回望時，她就先撇過了頭，開始拆開下一個巧克力的包裝，讓我鬆了口氣。

看著安達一口一口咬下板狀巧克力的模樣，我也有點想吃了。

我跟她要了一小片，結果她直接把整個巧克力遞給我。雖是收下了，不過我先把巧克力跟鹹麵包一起翻到背面，盯著熱量表。一個太開心就買了可樂餅麵包是個錯誤啊。我把三位數的數字相加，總數讓我不禁滲出手汗。

感覺不曾在意過熱量的安達，在內心糾結的我身旁默默吃著巧克力。我看過每個巧克力的包裝才發現，全部都是牛奶口味的。

牛奶……巧克力……總覺得前幾天好像有談過這個。

……唔。該不會安達今天會偏食是我害的嗎？

然後頭髮的部分，是表達出她要大吃特吃巧克力的決心嗎？

真是那樣的話，我還真不知道該說什麼。安達妳會不會有點用心過頭了？

雖然講到為了情人節做各種努力，會令人聯想到漫畫裡的少女啦。

之後安達也繼續默默吃下巧克力，還不忘搖個頭、用手調整馬尾位置等，脖子以上的部分相當忙碌……她想要聽感想嗎？

我只能講出簡單的感想，所以一直覺得應該用不著講出來。

我心想只有這麼陳腐的感想有點對不起她，並朝她伸出手。

「這挺可愛的嘛。」

我在吃完巧克力離開座位的時候，輕輕抓著安達的馬尾末端，開口稱讚。

安達轉過頭來簡短說聲「咦」之後，就僵在原地。我把她現在的髮型跟平時比較一下，再補充說：

「平時的安達也很不錯就是了。」

看習慣的髮型會給人不同的放心感。話說回來，該怎麼處理我這頭頭髮呢？

我正捏起瀏海煩惱時，安達看起來想說什麼，可是似乎說不出話，只是讓嘴巴不斷開開闔闔。她的耳朵跟額頭非常紅，好像喝了酒一樣。「妳怎麼了？」我一問完，她就飛快地跑出教室了。

「喂～等等……」

還要上課喔。還有，我希望她可以不要把巧克力留在桌上。

之後上課時，我也在觀察看起來費了番工夫才回到教室的安達，而從背影也能看出她正在發呆，注意力一點也不集中。另外，她看起來沒有流鼻血。

究竟是那個傳說是假的，還是吃的量不夠呢？

二月八日（六）

因為樓下很吵，所以我走到一樓去察看情況，發現社妹不知道什麼時候跑來家裡了。她和我家的妹妹像小動物一樣嬉鬧，一下在頭上滑來滑去，一下纏在一起轉來轉去的。每動一下，水藍色的粒子就會代替灰塵揚起，在客廳裡擴散開來。

母親從走廊看向她們，小聲說完一句「好誇張的頭髮」就走去廚房了。雖然這感想很恰當，但是也讓我心想：老媽妳真的就只有這一句感想嗎？

「好無聊啊。」

「嗯。」

社妹說完，妹妹就同意她的說法。不過她們在地上疊成一個叉叉的形狀，看起來還挺開心的啊。當我覺得打擾小朋友們玩耍也不好，正要離開時，社妹就對我發出「啊」一聲。

「哎呀哎呀，是島村小姐啊。哎呀，妳來的正好。」

說很多次哎呀的社妹從我妹身下鑽出來，躺著往我迅速衝來。好詭異的景象。她今天穿的不是太空服，而是綠色的毛衣跟牛仔褲，像個男孩子一樣，不太適合她。感覺很像模仿了誰的穿著。穿太空服還比較不會跟她的髮色產生太大的不協調感。

「我們去看電影吧。」
「電……」
「影？」
妹妹順著我困惑的話語說下去。她也用爬的來到我腳邊。
「我想去看看叫作電影的東西。」
「啊，我也要去～」
妹妹高興地舉起手。雖然她們兩個樂不可支，但我可沒說要去。
我稍做思考，看向窗外，同時吸了一下鼻水，心想：明明天氣這麼晴朗，為什麼會這麼冷呢？
「妳們兩個自己去怎麼樣？姊姊我也是要讀書……」
「妳就陪她們去吧。」
像臨時演員一樣經過房間前的母親命令道。
「順便帶她們去吃午飯。」
「……妳只是想偷懶而已吧？」
「不行嗎？」
完全不覺得自己有錯的母親再次離去。她還拿著一袋麻糬吉的油炸仙貝，大概是想在房間裡躺著看電視吧。我也想回溫暖的房間啊。

「好～我們走吧，島村小姐。」

站起身的社妹抓住我，想拖著我走。

「就說過不要拉衣服了，笨蛋。這樣真的會被妳脫掉啦！」

我推開社妹的額頭。我妹就算了，但我不覺得需要顧及社妹的午餐。

雖然我妹妹她好像是生物股長，但也用不著養這種奇怪的生物。

「唉……那就去吧。我去換衣服，等我一下。」

「要我幫忙嗎？」

「不——需——要！」

我甩開她，回到房間。我從早上就一直待在被窩裡，所以還穿著睡衣。

冬天的時候，我普遍都是那樣度日。

我一邊稍微後悔自己不應該下樓，一邊收拾被褥。

之後換好衣服，就帶她們兩個去附近的購物中心，跟前陣子和安達一起去的是同一個地方。因為這裡是鄉下，所以基本上只有幾個地方可以去。雖然去到鬧區的話也有電影院，不過那邊很多店都關門大吉了，去那裡反而會不好找吃飯的地方。

社妹抓起並握緊我的手。她的小手不是握著我的手掌，而是手指。她非常高興地牽著我的手。

「唔……」

為什麼每個人都想和我牽手呢？是因為牽著手會比較安心？還是我的存在感淡到不這樣牽著，就會讓人擔心我到底存不存在？

我被社妹牽著走時，感覺到妹妹的視線正望向我另一隻手。

「妳也要牽嗎？」

我往她伸出手，結果她說了句「我……我又不是小孩子」，把頭撇向一旁拒絕我。那就算了——我收回手。以前都會牽著她的手，避免她在人群裡走丟。走著走著，她又說：「再把手伸出來一次。」我看她一副很了不起的模樣，就捏她的臉頰，順道伸出手，這次她就握住了。隔一小段空檔後，我彎起食指敲打幾次妹妹的手背，她就很凶地說：「幹嘛啦！」而我則是看著她泛紅的臉，笑笑地說聲：「沒什麼。」

兩手都沒空了。要是安達也來的話，我就得再生出一隻手才行。

不對，安達看到這種場面的話，怎麼說，反而會「那個」。

「然後我再跟小同學牽手……」

「這樣會沒辦法前進，不准。」

我把想牽起一個圓圈的社妹轉向前方。她到底是何時跟我妹變得這麼要好的？

電影院在二樓。在我們前往電扶梯的途中，我聞到了不知道從哪飄來的甜甜香味，同時開口詢問社妹一件事。因為她看起來像是只顧著笑，什麼都沒考慮。

「妳有想看的電影嗎？」

「……？」

社妹瞪大了眼睛，愣在原地。她也看向我，一副不懂我在說什麼的模樣。

「我們不是要看電影嗎？」

「嗯，對，所以我問妳想看什麼電影……」

我發現我們的對話是雞同鴨講，說話音量也跟著變小。

社妹也轉了轉眼睛，不久後得意洋洋地回答：

「看來電影還有分種類呢。我的理解能力果然很強，哼哼哼。」

「……看來是那樣沒錯。」

這傢伙知道的常識還真不平均耶。看起來也不像是在演戲，真不知道該怎麼說好。有很多事情超乎我的理解範圍，社妹肯定也是其中之一吧。

「喔，有個很像帶隊老師的人呢。」

我心想這話形容得真是恰到好處，同時轉頭望向聲音傳來的方向。

是日野。雖然是日野沒錯，但一開始我還認不出她是誰。要是她沒有曬黑，我不會看出是日野。

日野搭著電扶梯看向我們。她的髮型和平時一樣，不過穿著就不一樣了。她穿著和服。不是浴衣，而是多層的紅色和服。我大吃一驚之後，才想到這就是傳說中她在家裡的穿著。雖然我不是很清楚，不過我有聽說她是生在會穿這種衣服的家庭。

也有聽說家裡的點心會是鷹嘴豆或昆布之類的。

「這不是日野小姐嗎？」

「是姊姊的朋友嗎？」

社妹和我妹做出不同的反應。「兩邊說的都對！」日野豎起雙手拇指說道。看到嬌小又曬黑的日野穿著這麼誇張的和服，就不禁聯想到七五三或女兒節那一類的節日。她的穿著和周圍格格不入，看起來就像從活動會場偷跑出來的一樣。

她說自己常遇到怪人，不過現在她自己就夠奇怪了。

「等等。」原本要上二樓的日野又走了回來。她做出從上樓電扶梯跑下來這種連小朋友都不太可能會做的事，回到了一樓。

她還真有膽量啊。如果是跑上往下的電扶梯就算了，她這種做法我完全辦不到。

「話說，我沒有見過島村的妹妹嗎？」

日野整理好亂掉的衣服以後，向我妹這麼問。她們有見過面嗎？

「應該……是沒有。」

我妹邊說邊躲到我身後。畢竟我家這個傢伙很怕生嘛。

「我也忘了。算了，不過那邊的外星人看起來不太像外星人嘛。」

日野提到社妹的穿著。但我覺得外星人根本就不會穿那種太空服。

「這是用來藏身人群的虛假外貌，哼哼哼。」

社妹好像擺出了一副很了不起的樣子。但因為頭髮的關係，她沒有很融入人群當中。應該說，社妹跟日野太顯眼了，甚至讓我們這對不起眼的姊妹反而顯得格格不入。

「妳今天是帶家裡的小不點們出來玩嗎？」

「這個不是我家的人啦。」

我用力摸著社妹的頭，急忙逃跑的社妹頭上落下了光芒。

「那妳是……」

日野大概是察覺了我的視線，拎起和服一角向我解釋：

「事情辦完之後我懶得換衣服，就直接穿這樣出來了。」

總覺得穿這樣出門反而比較麻煩，因為不只會弄髒裙襬，感覺也會去踩到。看著看著，才發現日野有拎起裙襬，真是件讓人很顧慮的便服。而且她是穿成這樣騎腳踏車過來的嗎？感覺衣服會被捲進車輪裡，然後因為這樣跌倒。

「家人叫妳來買東西嗎？」

「沒有，我只是來買漫畫。」

啊，原來她是想去二樓最裡面的書店啊。

「那永藤呢？」

「我們才沒有連假日都待在一起咧，沒有沒有。」

日野揮手否定。

「而且那傢伙好像去參加社團活動了。」
「社團活動啊……」
我差點說出「她還真是認真啊」這種普通的回答，但我吞了回去，開口問：
「永藤是什麼社的？」
「不知道。」
日野立刻回答。沒想到問永藤的事情，她也會有不知道的時候。
我想像永藤參加社團活動的模樣。
從她的喜好來看，就算她創了一個迴力鏢同好會也不奇怪。
雖然感覺成員會只有永藤一個人。
「話說回來，島兒是不是每次看到我就在問『永藤呢』？」
「妳說的『島兒』是指我嗎？」
「就是妳。」
「是嗎？」
「是啊。」
我們持續著莫名其妙的對話。感覺兩邊都沒在動腦。
「算了，就這樣！」
不曉得是不是懶得繼續說下去了，日野接受這樣的結果，為對話作結。

這樣可以嗎？她看起來很開心，我就不潑她冷水了，不過這傢伙也很奇怪。

雖說每個人的價值觀都不一樣，但我覺得到這種地步，去顧慮對方也沒有任何意義。不管有沒有刻意顧慮，只要待在一起，至少也會有一兩次覺得和對方趣味相投的時候。

這種由偶然產生的共鳴，或許就是人際關係當中的一種樂趣。

「所以，島村妳們到底是要去哪裡啊？去做岩盤浴嗎？」

日野陪我們一起搭乘上樓的電扶梯，接著開口詢問我們的目的地。

「島兒」這個稱呼很乾脆地變回了「島村」。

「我們是來看電影的！」

社妹這麼回答後，不知為何擺出有些自豪的模樣。這不是那麼值得驕傲的事情。

「喔～電影啊。偶爾看看應該也不錯。」

日野刻意改變站姿。原本只是純粹站著的姿勢突然挺直，看起來就像是站在電扶梯的上方一樣。

「妳也要一起來嗎？」

「哎呀～電影真的是個好東西呢。」

「妳不管妳的漫畫了嗎？」

「我可是個文學少女，才不看那種東西。」

前陣子才在看釣魚漫畫的日野說著這種大話。

不過，她的外表的確很像會寫文學書的人，像是《枕草子》之類的。

當我們上到二樓的時候，溫差造成的肌膚搔癢也緩和了下來，開始覺得牽著妹妹的那隻手很溫暖。社妹的手則依然冰涼，維持著一定的溫度。

就好像水藍色頭髮給人的印象直接碰觸我一樣。

「喔，島村妳的手不夠多喔，這樣我沒辦法牽。」

走了幾步後，日野就奸笑著說起玩笑話。居然要我多長一隻手，還真是強人所難。

「妳想牽嗎？」

「呃～完全不想。」

「那就牽我的手吧。」

社妹似乎是考慮到日野的心情，而把空著的手伸向她。「妳的親切真令人感動啊。」日野說著便牽起社妹的手。但才走三步，日野就很乾脆地把手放開，說：「唔～還是照著自己的步調走比較輕鬆。」這感想確實很有她的風格。

明明以前安達也像是會說這種話的態度啊。她到底是在什麼時候變了個人的？

我妹把我當成牆壁，同時也因為日野的穿著很稀奇，一直在偷瞄她，察覺這股視線的日野也繞過來看向我妹。她原本想要逃跑，但最後還是戰戰兢兢地抬起頭，看向日野，然後直言問說：

「妳是公主嗎？」

「哼哼哼～我看起來很像公主？像嗎？」

日野得意洋洋地揚起袖子。

「畢竟妳穿成那樣嘛。」

我有些傻眼地說出對她誇張裝扮的感想，接著日野的視線就由右飄向了左邊。

「說到公主，我有作過那種夢呢。」

「夢？」

「嗯……內容我不太記得了，不過記得我最後變成冬蟲夏草，然後就沒了。」

日野望著遠方說道，就好像在述說她親眼目擊到的事情一樣。

她的說明省略掉很多地方，所以我不知道她的夢到底哪裡跟公主有關。

「那樣算好的結尾嗎？」

「最後有回到現實世界，應該算好吧？」

她這個解釋很有遠見。她居然不是肯定夢的內容，而是夢外頭的情況，真稀奇。

「話說回來，為什麼日野小姐烤焦了呢？」

社妹近距離注視著日野的皮膚，並對她的膚色感到疑惑。

把「曬傷」形容成「烤焦」……感覺好像對，又好像不對。

總之，她有曬黑是事實。

「是衝進大氣層時產生的摩擦讓我變成這樣的。」

日野若無其事地撒了這種謊。等等，說謊也要挑對象啊。

「看來地球人的科技也還不夠進步呢，哇哈哈哈！」

社妹驕傲地大笑。看啦，她相信了，我就知道她一定會相信。

「那是騙人的。」

我開口跟妹妹強調。她聽我這麼說就嘟起了嘴唇，生氣地說：「我知道啦。」

畢竟她還相信有聖誕老人存在，還是要跟她說一下才行。

「那就讓妳看看地球科技厲害的地方吧。看到電影可別嚇著了喔，妳這外星人。」

日野向社妹挑釁。明明不是自己做的東西，卻這麼囂張。

這就叫作狐假虎威……這樣形容是不是有點不太對？

我們走過三百圓商店和鞋店前面，抵達大大地用英文寫著某某電影院的地方。招牌整體配色是紅色，售票處則全是藍色、昏暗的印象。雖然之前有經過幾次，但其實我是第一次來這裡看電影。看不懂招牌上英文的小不點們總之先「哇～」地讚嘆了一聲，我也以不至於丟人現眼的動作東張西望，確認電影院內的模樣。這裡有十二個影廳。

「小同學，妳知道『三爹』嗎？」

社妹跟我妹說起悄悄話。她是說 Sunday 嗎？星期日？漫畫雜誌？

還有，「小同學」又是怎麼回事？我妹的名字裡也沒有「小」字啊。

「不知道。」

「就是會像這樣，從畫面裡面『磅～嘩～』地蹦出來……」

會「磅～嘩～」地蹦出來……啊，原來如此。我這才了解她說的是「3D」。

難不成，她是想看3D電影，才提議要來的嗎？

總之，就先當作沒看到得意洋洋在說明的社妹不時望向小賣店的視線。

看來現在有上映的不只是新電影，還有應該是因應情人節的愛情電影。

日野看著電影上映的時間表，然後像是想起什麼事似地說：「啊，對了。」

「回程的時候去買一下巧克力好了。」

我在一旁聽著這段話，稍稍猜了一下她是要送給誰……好像也不需要猜。

「是要送給永藤嗎？」

「與其說是要送她，應該說我們會當場一起吃掉。我們每年都是這樣，所以並不是要送她喔～」

日野輕輕左右搖動雙手否定。

聽她說每年都買，我有點感興趣。

「是喔……為什麼要買巧克力給她？是每年的慣例嗎？」

「為什麼喔，應該是因為她會開心吧？畢竟她喜歡巧克力。」

日野也微微歪起頭，特別去思考箇中原因，但還是毫不猶豫地做出回答。

與其說她回答得很乾脆，不如說她的動機十分地單純。該說是很自然，還是一點也不刻意呢？

總之，我感覺到她們和我跟安達那種不自在的關係有天壤之別。

「大概是因為這樣吧。」

「應該就是那樣吧。」

日野話中略帶肯定，我想或許就是那樣。

總覺得我跟安達似乎都想把事情做得完善一點，結果反倒讓自己的腳步變得沉重。

「不過，還是不要在這裡談這種話題比較好喔。」

「為什麼？」

因為會有偷聽到甜食話題的螞蟻跑過來。

「我聽到有人在談巧克力。」

看吧，來了。社妹面帶微笑，站在日野面前。

聽到這句話的日野冷靜地把手放到社妹頭上，輕輕使力，讓社妹轉向。

「叫這個姊姊買給妳吧。」

日野叫社妹來這個姊姊——也就是我這邊。呃，我已經給過了啊。

「島村小姐～」

「真是的，別來纏著我要。」

我推開想抱住我的社妹，她也不認輸地把臉擠過來。這傢伙是怎樣啊？

結果，幾分鐘後我還是不敵她的央求，去小賣店買了焦糖玉米脆果給她。似乎就算不是巧克力，只要是甜食她都可以接受的樣子。從我也買了妹妹的份這點來看，我真的很不會拒絕別人。

「……聽好，看電影的時候不要大吵大鬧，也不可以突然發出聲音。」

坐好以後，我在電影開始前先這樣叮嚀社妹。已經專心在吃焦糖玉米脆果的社妹隨便地回說：「好啦好啦。」其他還需要注意的……我看到她的手，就想到還有一件事。

「還有，也不可以鼓掌。」

「好啦，好啦。」

「不對，妳要更認真一點！」

日野不知為何插嘴說了這一句。而且語調還有點激動。

雖然社妹回說「喂揌宜（沒問題）」，但她總是像待在無重力空間一樣，不被常識所侷限，所以我個人是很不放心。至於我妹……應該沒問題吧。我不想隨便開口叮嚀，害得自己被她罵，所以我決定相信她。

我們挑的電影和太空有關，也按照社妹的要求選了3D場。

不知道這種的是不是也能稱作恐怖電影。看著看著，就開始覺得呼吸困難。

內容就不細講了，不過這讓我覺得平常沒有特別注意的身體重量很令人舒暢。

電影播完，我們走出電影院。這時，先走出去的日野開始盯著我看。她主要是看著我這雙走出電影院後又牽起妹妹們的手。

「怎麼了？」

「妳意外地很有姊姊的樣子呢。」

「跟妳比起來，算是有吧。」

我聳聳肩，舉起牽著小不點們的雙手。

社妹不知道是不是不懂我的意思，高舉著雙手，而我妹則是難為情地板起臉來。

「我記得妳好像也有兄弟姊妹？」

「我有四個哥哥。我們年紀差很多，而且也有住外面的，所以不常講話就是了。」

她最後一段解釋聽來有些不在乎，應該是不想詳細談這件事。

感覺她家的情況好像有些複雜。但我肯定不會深入她的家務事。

「不過，那種事就先別管了，偶爾這樣也挺不錯的。」

她手扠著腰，如此作結。

對吧？——我感覺揚起嘴角的她似乎在徵求我的同意，於是我笑著聳了聳肩。

之後，日野請我們大家吃午餐。

我沉浸在這股舒適感中。不是因為錢的關係，而是她這麼做的那份心意。

這樣也不壞——這是讓我如此認為的一天。

二月九日（日）

我躺在被窩裡也沒聽到一樓傳來吵鬧聲，看來今天同樣沒有訪客。雖然偶爾熱鬧一點也不壞，但每天都那樣的話會有點累。那種日子的隔天，特別是星期日，我會想靜靜度過。

從我躺在被窩裡看的是課本這點來看，我也是個不錯的模範生。要是忽視掉我開始為蹺課付出代價這個事實，父母大概會感動落淚吧。

再過兩個月就要升上二年級了，我必須要在那之前跟上其他同學的腳步。雖然寒假時也在努力讀書，現在已經有稍微跟上了，但還要考慮到期末考，所以我不能放慢速度。即使如此，我偶爾還是會在認真讀書的時候，懷念起體育館二樓。

春天會在冬天結束後，和晨光一同延展開來。

要是屋頂也像那樣逐漸變溫暖，我們還會再次聚集在那裡嗎？

「……呃，應該不會吧。」

回顧在假日還盯著課本的自己之後，至少我已經不在意能不能再去那裡了。想跟安達見面，還有更多更好的地方可以去。桌球也是，如果想打的話，隨便找個地方就好。我們沒有必要堅持待在同一個場所，正因如此，我才想跟安達一起升上二年級。

手機在房間裡的某個地方響起。我放到哪裡去了？雖然我找過桌上，卻沒看到。手機馬上就不響了，應該是郵件而已，但我還是在房間裡到處尋找。整個房間都找過一遍了，還是沒找到，於是我停下來開始思考。記得這次假日都沒用過手機，搞不好就在書包裡，結果也真的在裡頭。手機從星期五開始就一直放在書包裡，一直到現在才終於響起鈴聲，我的高中生活也真是寂寞。這種玩笑話就先擺一邊，我拿起手機確認是誰寄郵件來。我早就料到有兩種可能性，而這封郵件正是安達傳來的。

至於另一種可能性，則是電信業者傳來的廣告郵件。

安達傳來的郵件沒有內文，只有圖片。

會是什麼呢？我接收她的圖片並打開。顯示在畫面上的，是褐色的黏稠物體。

「……巧克力？」

似乎是巧克力的圖片。利用隔水加熱溶解的巧克力填滿了模具。

「嗯……」

原來如此，這肯定是巧克力……呃，所以這怎麼了嗎？

郵件中缺乏說明，我沒辦法意會這代表什麼意思。

安達又繼續寄了郵件過來。這次也是附圖片的，一樣是巧克力。

她還是沒有做任何說明，所以這封郵件沒辦法為我解答這到底是什麼東西，反而讓謎團更加擴大。她該不會是想省錢，所以想到可以用圖片來應付情人節……怎麼可能嘛。打電話問問安達好了……可是有種打去問她就輸了的感覺。在我煩惱的時候，安達又寄了不同角度的巧克力圖片過來……這是什麼新的欺負人方法嗎？

我現代國文的成績不太好看，希望她可以不要丟這種讀解型的問題給我。

雖然只要看得到安達的臉，應該大多事情都能透過她的表情察覺答案。

「怎麼樣？」她最後傳了內容是這樣的郵件，不過這到底該怎麼說才好呢？

我覺得未來會必須為了尋找「安達」這個迷宮的出口而奮鬥。

不斷在複雜階梯及扭曲的暗紫色走廊中奔跑的自己，在腦海裡忙碌地四處奔走。

我一直追逐著那個自己，接著腦袋逐漸發熱。

「……唔……」

懶得想了。

二月十日（一）

「啊，這不是小島嗎？」

和我擦身而過的人對我這麼說，於是我轉過頭去確認，但認不出對方是誰。至少不是同個高中的人。是的話，就不會在早上往我前進的反方向過去了。今天剛收假，我揉了揉還有點睡意的眼睛，仔細觀察那個人。對方是女生，跟我差不多年紀……啊，我大概知道了。

「喔，好久不見～」

她是我小學時的朋友，名字叫……呃，名字叫……糟糕，我完全想不起來。

雖然很慌張，但我也判斷現在只能維持笑容撐下去。幸好，那名以前的朋友沒有露出疑惑神情，笑著回來找我。她坐在腳踏車上往地面一蹬，退到我身旁。她的髮型變了，而且以前根本不是穿制服，也沒化妝，現在看起來完全是不同人，但我卻能默默察覺她是誰，真不可思議。

「哇，妳的髮色有點變淡了呢～」

「因為老了啊，哈哈哈～」

我開朗地笑過之後，再推了一下小時候朋友的肩膀說：

「才不是變老了咧。」

「這樣不太好看呢。」

她老實說出了感想。我就好像被潑了一大桶名為話語的油漆一樣。

不好看啊……我捏起褐色的頭髮。家人也是這麼說，大家都對這髮色抱持反對意見，或許真的就這樣弄回黑色也沒關係。但那麼做的話，就會變成那種狀況——跟安達撞髮色。如此一來，整體配色就會變得很無趣……我在說什麼啊？

說什麼整體配色，這是用誰的角度來看啦？我可沒有放棄做自己到可以那麼客觀。

「小島，妳有還在聯絡的朋友嗎？」

「唔……沒有耶。」

「這樣啊。看起來的確很像那樣。」

像哪樣啊？她的感想言不對題，感覺只是要打圓場而已，讓我只能露出苦笑。

以前的朋友站在自己面前，雖然我表面上很鎮定，但還是會有點不自然。

過去不論是聽到的話，還是回答對方的話，全都會深深進入心裡。但現在只要碰到心靈表面，就會像水珠一樣飛散消失。俗話說持續一件事要靠努力，不過這讓我深刻感受到，人際關係也是一樣。沒有定時維護，就會只剩下一個空殼。

「話說啊，妳還記得那個叫樽見的女生嗎？」

「樽見……啊，嗯。」

我不知為何說不出前陣子才遇到她，只給出一個含糊的回答。

「之前放假的時候，我有在車站看到她，她長高好多。」

「喔～長高了啊……」

這麼說來，她身高的確很高。腿看起來也很修長。這兩件事都讓我好羨慕。

我和朋友之間迎來一段沉默，大概是她覺得我的回答聽來沒什麼興趣吧。我們互相輕輕揮手道別，以逃出這段沉默。我們都被接下來要去學校這件事給救了。

「那就再見了。」

「嗯。」

我和她道別時沒有說出「拜拜」。不過，我感覺我們應該不會再見面了。她也只是覺得很難得才來跟我打招呼而已，要是以後每天都遇到，會不會連打招呼的理由都沒有了？我不禁冒出這種想法。

所謂以前的朋友，就是這麼一回事。我們的時鐘在過去就像是相互咬合的齒輪般，動作完全同步，但現在卻各自指向不同的時間。兩邊的指針需要轉上幾圈，才能再次指向同樣的時間呢？

我經過墓地，看向刻在墓碑上的名字，用手指在空氣中寫出「樽見」這兩個字。

看到她在車站，在肉店前面遇到她。我們的生活圈之間的距離並不遙遠。

原來，她還存在於我認識的「世界」裡啊。

要是再見面的話，我又會有什麼感覺呢？

我沒有想刻意去找她的意思，就是總之如果再見面的話。

我想像到時會是什麼情況，而我心中冒出的感想，就和平時一樣。

那樣還不壞。

到頭來，我大多的舉動跟相對的結果，都可以用這句話作結。

「……我老是在說那句話呢。」

雖然「還不壞」也還不壞就是了。

不過，今後會有也能讓我覺得「這樣很棒」的時刻來臨嗎？

二月十一日（二）

有人說過，人類最大的缺陷，就是會漸漸變得頹廢。

過程並非迅速，而是緩慢。會從看不見的底層開始慢慢腐敗。

所以，等到發現的時候，大都為時已晚了。

「似乎是這樣喔。」

「是喔。」

我跟永藤趴在暖爐桌上聊著天的時候，安達就已經抵達目的地了。雖然安達說自己不太懂遊戲規則，不過，不知道是不是就是因為不懂，所以就採取直衝終點的方針，她從剛才開始就一直是第一個抵達目的地的人。雖然她不太懂這個遊戲，但還是很開心的樣子，眼神跟嘴角散發的氛圍都變得更加開朗了。然後，回過神來，我已經掉到最後一名了。

這樣不行。我坐起趴在桌上的身子。現在可不是顧著被暖爐桌弄成廢人的時候。

放學之後，我很難得地來到了永藤家。她家是開肉店的，我常常來光顧，不過這是第二次進到她家裡。炸食物的聲音和香味傳進屋裡，感覺好像賺到了，又好像被弄得肚子很餓。

讓我的身心忙著做出各種反應。

上次喝完茶就回家了，但今天則在她家玩遊戲，待了很久。

今天午休時，日野她們來聘請我，說「我們想玩桃鐵，所以妳也一起來」就變成了現在這樣。不過「聘請」這個詞是這樣用的嗎？嗯，算了，不管它。

「嗯～就當作玩這個也能學一些地理吧。」

日野占著離電視最近的位子，用立著單邊膝蓋的姿勢在玩遊戲。真不愧是提議玩遊戲的人，玩得真認真。雖然我想日野就算不是帶頭的，也會很認真地面對勝負就是了。相反的，永藤跟我則是懶到一起癱在桌上，只伸手動著手把。就像是被壓扁的蟲掙扎時只動著腳一樣……一想像那個畫面，就覺得不舒服。現在輪到島村店長，也就是我了。於是我什麼也沒想就擲下骰子。

由於共用手把的分組是安達跟日野一組，我跟永藤一組，所以坐的位置也必然和分組有關。暖爐桌幾乎被我跟永藤占據了，安達跟日野不冷嗎？安達坐在我的左斜前方，日野則是在右斜前方。一開始有教安達怎麼玩，到了第六年後，她似乎也大致知道遊戲規則了。雖然她完全沒在用卡片。

「個性差的傢伙似乎會比較強，所以島村一定是個好人啦～」

目前第二名的日野和尚開口挖苦我。照這道理來講，安達就會變成個性最差的人。安達轉過頭來，眼神稍微游移了一下後，說：

「我覺得……島村個性很不錯。」

「謝謝妳啦。」

安達似乎也以自己的方式在安慰我。順帶一提，安達是社長，永藤是機器人。機器人是怎麼回事啊？

永藤機器人只要一拿到妨礙卡，不管當時是什麼狀況，都會馬上用掉。她完全不管當下用卡片是否有效，也沒有觀察狀況，就是不斷地使用妨礙卡，感覺就像是失控的機器人。如果是可以指定對象的卡片，她一定會選日野，如果有造成效果的話，就會像報了父母的仇一樣開心。這機器人好極端啊。

這並不是不能兩個人玩的遊戲，所以我也在想，是否真的有邀我們兩個來的必要。雖然我跟日野她們姑且算是朋友，不過安達跟她們是嗎？

說實話，安達應該不覺得跟她們之間有友情存在吧。而且，要是我今天沒有來，她大概會拒絕日野的邀約。安達或許是重質勝於量的個性吧。

我個人是覺得這樣也意外好玩，還不壞啦。

後來我也不知道為什麼老待在最後一名，而安達則是在一二名間來回，玩著玩著，時間就已經來到七點，我們也就此散會。

「我們下次再繼續玩。」

「如果存檔到那時候都沒不見的話再說。」

「嗯，卡帶就是這點恐怖。」

日野跟永藤說道。今天是我第一次看到這麼古老的遊戲機。主機的表面都泛黃了，有種它應該是跟日野她們一起長大的感覺。我的房間裡有過這種東西嗎？感覺所有東西都換過新的，舊東西裡的回憶都和灰塵一起被清理掉了。我沒有從以前積累至今的東西。

那麼，現在在這裡的我，又是用什麼累積而成的？

走到外頭，手腳就像是被夜晚的寒氣綁住一樣，冷到覺得很痛。

當我沉浸在雪白得看不見吐出的熱氣的夜色裡時，安達問我：「那個……我送妳……一程吧？」說要送我一程，可是安達家跟我家是反方向啊。

「這樣會繞遠路，沒關係嗎？」

我開口向她確認，她也點頭回應，於是我就恭敬不如從命地坐上腳踏車後座。我有些懷疑日野的說法，安達的個性明明比我還要好很多。

「話說妳的個性跟一開始的時候還差真多啊。」

我在安達踩下踏板前，看向她的臉這麼說。我會這麼說是因為，若是以前的安達，我不可能跟她一起待到這麼晚。以前的她更冷淡，連和她之間的談話都沉重得令人喘不過氣。

「……別提這件事……」

安達似乎也有這種自覺而難為情，說話很小聲。

這不是什麼不好的變化，所以抬頭挺胸地面對這件事也沒……不對，她的行為舉止好像變得有點可疑？這樣算好嗎？而且不只是有點，是非常？算了，不管它。

不愧是二月時分，七點就已經完全進入夜晚了，黑暗程度比仲夏時節的晚上十二點還要深沉。雖然還可以看見零星的亮光，但這裡畢竟是鄉下，往遠方的道路一看，可以看見一片綿延無盡的黑暗。而我跟安達則要靠著微弱的燈光突破這片黑暗。

「妳玩得還開心嗎？」

之前好像也問過這種問題。我帶著一種似曾相識的感覺問道。

「嗯。」

安達依然面向前方，她的回答受到寒風吹拂，聽起來很乾燥。

……唔……無所謂，反正我又不是她的母親。

既然她自己都覺得開心了，這樣就好了吧？

「島村，三天後……呃……」

我好希望她可以不要邊騎車，邊抬頭看我啊。

之前絕對也曾發生這種事，但安達這麼大膽地騎車不看路，還是讓我的臉部神經不禁差點抽搐起來。

「嗯，我沒忘記，要交換巧克力對吧。」

話說回來，我還沒去買。與其到了當天再慌慌張張地準備，還是事先去挑比較好吧。等明天或後天放學再去買，然後拿給她……嗯，就只是這樣。

老實說，我很擔心到時的氣氛能不能熱烈到符合安達的期望，畢竟也已經知道會送巧克力了。

不過，巧克力很甜。在吃之前就能大致知道味道，卻也確實會有想吃的時候。

或許正如安達所說，看得見的希望也有其意義存在。

二月十二日（三）

照這樣下去，應該能趕上第一堂課，於是我在走到墓地的時候放緩了腳步。

因為跑步而發熱的肌膚暴露在強烈的寒風之下，隨即凍得失去熱度。從半夜十二點左右風勢就開始變強，結果我一直到早上都沒睡著。站在外頭可以聽見上空傳來強風吹過的聲音。小時候的我，一直以為那是雲和雲相互摩擦的聲音。

我乾脆也跟安達一樣去打工，買一台不是跟家人共用的腳踏車好了。我一邊調整呼吸，一邊考慮著這種事情。因為雖說是和家人共用，實際上已經變成母親專用的了。

明明至少在快遲到的時候借我騎一下也沒關係，她卻用「是睡過頭的人不好」這種非常正確的言論駁回我的要求。知道我睡過頭，就叫我起來啊，真壞心。簡單來說，就是所有責任都要我自己扛的意思吧。比起做事情要被父母干涉，這樣大概還比較好。

所以這種結果，以及因此產生的偶然，全都是我自己造成的。

我看見跟墓地相連的小公園裡，有顆很醒目的頭。她綁在後腦杓的頭髮受到狂風吹拂，因而像是蝴蝶拍打翅膀般飛舞。風也吹出了水藍色的鱗粉，看起來真的很像蝴蝶在飛。是社妹，她正在做體操。她邊喊著「一、二、一、二」邊伸展手臂，而她當然是一個人悠哉地面向墓地伸展身體。看她這樣，我腦袋裡只浮現她真是個怪傢伙的感想。

她沒有發現我，所以我本來有考慮直接走過公園，可是在這種時間看到連書包都沒揹的小傢伙，我實在沒辦法裝作沒看見。我知道第一堂課快開始了，還是走進了公園。社妹馬上就發現到我。

「這不是島村小姐嗎？」

社妹向我跑來。唔……她穿著露肩又露腿的連身裙，還一臉若無其事的樣子耶。我試著碰觸她圓圓的肩膀，結果像是碰到雪一樣，非常冰冷。我想也是，這也是理所當然。

不過她的肌膚表面十分光滑，完全沒有起雞皮疙瘩。

「有什麼事嗎？」

「是沒什麼事。」

雖然我也沒資格說別人，不過都這個時間了，她還待在這裡沒關係嗎？

「妳不去學校嗎？」

「哈哈哈！妳說這什麼話。我已經是大人了，不需要去那種地方。」

「大人喔……」

我抬起囂張的社妹，跟她玩「舉高高」。

「哇～」社妹高興地動來動去，一點也不像大人。

「居然從這種年紀就開始不上學，妳還真拚命地往不良少女之路邁進啊。」

我左右搖晃比我妹還輕的這個傢伙。每晃動一次，就會有粒子浮現，然後被強風吹走。這麼一來，就能清楚看見平常看不見的風的流動，有點好玩。

「我可是大約六百八十歲了耶。」

「是是是，的確是那麼回事。」

外星人這種生物就算活了六百八十年，還是會比我妹嬌小嗎？

要是我活那麼久，一定會在老死之前先無聊到死啊。

我放下社妹。她對我露出像在說「不玩了嗎？」的表情。於是，我小聲回答她說：「不玩了。」

「那我還要去學校，就先說再見了，拜拜。」

我揮手向她道別。把一個小朋友放在這兒不管好嗎？雖然我心裡有這樣的猶豫，但也沒空陪她。即使如此，我還是有點在意，因而在走出公園時回過頭去。她正看著我。我把頭轉回前方，稍微跑了一下再回頭看。她正看著我。

「……唉，真是的。」

我又折了回去。我這個姊姊還真不是白當的——這種半吊子的責任感，讓我感到了自我厭惡。

社妹滿面笑容地迎接走回來的我。

「這個忍術還真方便呢。」

「忍術？」

「忍術！盯到讓人看我之術！」

社妹合起雙手，擺出像忍者的姿勢。我很想跟她說：喂，妳這個六百八十歲的！

「我會回來才不是因為忍術，只是因為我是個超級大好人。」

「是啊，島村小姐是個超級大好人。」

我只是開個玩笑，她卻很老實地給予肯定，讓我不知道該說什麼，也很難為情。

「好好感謝我吧。」

「感謝～」

她跑來抱住我。我為了掩飾害羞，故意高姿態地要求她道謝，結果她也照做，這下我真的束手無策了。不斷用額頭往我肚子擠過來的社妹很純真……不對，是很純潔，她的心靈大概就像髮色一樣清澈吧。會對這種坦率感到有些苦悶，是十六歲這種半大不小的時期會有的現象嗎？我很難接受原本應該是種美德的坦率，嘴巴會自然闔上，眼睛也會自然瞇起。到底為什麼會這樣呢？
「雖然我也不想一直待在這種地方……不過該去哪裡才好呢？」
我也穿著制服，所以要帶她去喫茶店似乎也會有些問題。雖說我認識她，但我們實際上毫無關係，要是我帶著這種小朋友在路上走，很可能會被當成綁匪。或許直接送她回家就好了，但我在開口問她家在哪裡之前，就覺得我根本不可能到得了她家。我並不是相信她是外星人的說法，只是有這種感覺。
不知道該去哪裡，自然就會聯想到體育館二樓。我也是想找學校裡沒有人煙的地方，最後才會到那裡去。
「我們就去島村小姐的家裡吧～」
社妹抱著我提議道。我家嗎……反正母親應該也出門了，是沒關係啦。我覺得一回去，今天就不會再去學校了。
「小同學有在家嗎？」
「小同學……是指我妹嗎？」
「對對對！」社妹滿懷期待地點頭回應。怎麼可能在啊。
「她去學校了，去學校。」
「喔嗚！」
社妹很誇張地表示遺憾。她往後仰而放開了我，我的腳也得以脫離她的束縛。

我先往墓地和後頭通往學校的路看一眼，再搔搔頭說：

「算了，偶爾這樣也沒關係吧。」

我決定為自己的行為負責，光明正大地曠課。

有抹水藍色一直斷斷續續地闖進視野一角，總覺得有點奇怪。好不容易都在寒冷天氣中跑到這裡了，卻又要特地折回家裡。對於怕冷也怕麻煩的我來說，這兩件事應該都很難受才對。

「……唉……」

我嘆了一口氣。但很不可思議的，我一點也不覺得這樣不好。

我脫掉上衣後就順勢鑽進了被窩，而心想穿著制服躺下，醒來以後會很麻煩，卻還是賴在被窩裡的結果，就是我不知不覺睡著了。和我一起鑽進被窩的社妹也在睡覺。都是她硬要把我的手當枕頭，害我手肘以下都麻掉了。是說，這一點也不像六百幾十歲的人該有的睡臉啊。看著看著，我的眼皮又漸漸變得沉重起來。就算閉上了眼，還是能看到這片黑暗另一頭的水藍色光輝。

感覺就這樣睡著的話，會作一場輕鬆愉快的夢。

之後不曉得又過了多久。

睡昏頭的我聽到玄關的門鈴聲響起，微微睜開雙眼。但是我離不開被窩。

而社妹則是靈敏地起身，馬上就開始動來動去。

「島村小姐很睏嗎？」

「唔……」

「要我去幫妳應門嗎？」

「妳要去？那就拜託了～」

「被拜託了！」

社妹輕快地往玄關跑去。她比我妹還要貼心呢，真感動。

我笑著翻了個身，就在差點又要睡著的時候，我才終於察覺到讓社妹去應門可能會發生問題。不管是推銷報紙，還是鄰居拿聯絡板過來，都會有問題。我完全不知道要誰來才不會有問題。我只好起床，跟著前往玄關。

腦袋似乎還有一半在睡覺，從後頸部到背部都很沉重。

我揉著眼走出房門，發現安達站在玄關。她穿著制服，看起來應該是剛放學。

「咦，這不是安達嗎？」

真是來了個意外的訪客。我在走過去之前先確認衣服的情況，而衣服正如我所擔心的，變得皺巴巴。「算了，沒差。」反正來的人是安達。我沒有換過衣服，直接過去找她。

話說回來，那個水藍色頭髮的傢伙去哪裡了？看起來也不像待在外面。

「社妹呢？」

「她說要去確保晚餐就跑出去了。」

「是喔。還真是個隨性的傢伙……那，安達妳呢？」

有什麼事嗎？——我用眼神這樣問她。安達玩弄著瀏海，用有點快的速度說：

「因為妳今天請假，我以為妳感冒了。我還有傳郵件給妳……」

郵件……我反芻著這個詞回頭一望。手機放在哪裡……啊，在書包。

「啊，抱歉，因為手機一直放在書包裡面，就沒有發現。」

說到這裡，壓在我背部和頭上的沉重感才終於消失，視野也跟著清楚起來。看來是從敞開的玄關門吹進來的冷風，幫我把腦袋上的灰塵吹掉了。不過我應該馬上就會開始討厭冷風帶來的寒冷了。

安達她……不知道是怎麼了。她噘起下唇，看起來也有點像是在鬧脾氣。

是因為我沒有回覆她的郵件嗎？

「所以，我就來探望妳了。不過好像吵到妳睡覺了。」

「喔！安達人超好的。」

我就像是在稱讚妹妹那樣，把手伸向她的頭上。我把手放上她的頭，用手指梳著她的頭髮。被社妹拿去當枕頭的右手還沒恢復感覺，所以摸到安達的頭髮也感覺不到其質感，有點可惜。

安達在我碰到她的瞬間顫了一下，不過之後她就低下頭來，乖乖任我摸她的頭。

「啊，不小心就伸手了，抱歉。」

我決定在安達罵我把她當小孩子之前先收手，但她的身體卻配合我收回的手向前傾。安達的頭就像是吸住我的手一樣靠了過來。

她這樣是要我繼續摸嗎？

我試著摸了一下之後，她就停下了動作，任我撫摸她的頭，看來應該是那樣沒錯。她這副模樣我看著看著，就了解到安達究竟想從我這裡得到什麼。

她想要一個能夠倚靠，可以支撐自己的東西。

過去擔任這個工作的是體育館的牆壁。我們共享著那股氣氛，中間經過場所的更換和季節改變，最後在不知不覺間，她倚靠的對象就變成我了……為什麼會變成那樣？

「……嗯～這個嘛……」

安達難為情似地低著頭，可是又不離開。

我是不明白那種有點難懂的事情，但我右手的感覺正漸漸恢復。

安達是個撒嬌鬼，而我則是讓她撒嬌的對象。

這個事實就跟從指尖傳來的感覺一樣，清楚明瞭。

二月十三日（四）

昨天照顧了社妹一整天，所以被她害得沒能去買東西。要去買的話，就只剩下今天放學後了，但該去哪裡買呢？我在上體育課時煩惱著這件事。畢竟超市的板狀巧克力算是點心，缺少了送禮物的感覺。

我指的是送巧克力的事情。雖然送給我妹的話，大概一片板狀巧克力就夠了，但要送給安達，就沒辦法這麼輕易解決了……我有這種感覺。總覺得點心和禮物這種認知上的不同，讓我有些講究了起來。

排球在我的眼前來來去去。我跟安達待在一旁，看著日野跟永藤在場上到處跑。先不說日野，關於永藤的表現，在一旁觀戰的話，就能清楚看出她真的只是隨便跑來跑去而已，幾乎沒有為隊伍做出貢獻。明明戴著眼鏡打球就好了啊。

安達坐在我的旁邊。兩個人一起坐在體育館中有些黏黏的黃色地板上，感覺好像能幻聽到蟬鳴聲。我斜眼望向安達，發現她正抬著下巴，看往體育館的二樓。看來安達也聯想到了同樣的地方。

說不定，安達她仍然想回到那裡去。

但現在要是堅持去那裡，我們會先冷到無法動彈。

季節轉變，我們也跟著一起改變。現在的我，會覺得那麼做就好了。

我假裝沒察覺安達的視線，把頭轉回球場，開始計畫放學後的行程。

要買的話，應該會去書店附近的洋式點心店吧。每次經過那裡，都會看到停車場停滿了車子，所以我也對那間店抱有應該很受歡迎的簡單印象。妹妹的生日蛋糕也是在那裡買的，但對於蛋糕的味道，我只有「好甜」這種籠統感想。

坐電車到名古屋，百貨公司地下街就有形形色色的可以挑了，但考慮到要特地過去那裡，以我懶惰的個性來說，實在很難這麼做。雖然安達可能會很開心……不對，雖然讓她開心是件好事，可是……唔——我深深猶豫著該採取什麼行動。

在我決定去附近的洋式點心店買一買就好的時候，體育課也結束了，來到午休時間。今天午餐是早上來學校時，在路上便利商店買的鹹麵包。不知道安達是不是也差不多，她慢慢咬下麵包，再喝礦泉水吞下去。會覺得安達吃東西的景象比我還要無趣，是因為她背影的存在感看起來有點薄弱導致的嗎？

我偶爾會和安達一起吃飯，她過來找我的機率大概是五成左右吧。明明每天的校園生活都在重複做類似的事情，她到底是心境上有什麼樣的變化，才決定要不要離開座位來找我？我對這部分有點感興趣。是心情好的時候會過來嗎？還是相反？

在我這麼想的時候，書包裡的手機響了起來。我在學校都會關機，原本不會響才對，不過今天似乎忘記關了。我納悶著是誰打來，拿起電話一看，發現是樽見。

我立刻聯想到她冷色系的髮色。

我沒有料想到她會打來，所以有些驚訝。我先觀察教室裡的喧鬧，再去到走廊，走到底之後便靠在牆上接起電話。

「喂，妳好。」

就算中間還隔著衣服，牆壁的冰冷依然讓背部冷了起來。大腿後側貼到牆上的時候，我還差點「噫」了一聲。

『小島，妳今天有空嗎？』

她省去了表明身分的步驟，直接詢問我是否有空。今天……有空……既然她這麼問，就表示——

「妳是指放學後嗎？我是想去買點東西。」

『可以陪妳去嗎？啊，有沒有其他人要一起去？』

事態發展大致和我猜想的一樣。

她應該是想找我玩，不過還真突然啊。

怎麼辦？

畢竟她是「以前的」朋友，我不清楚現在的樽見是怎樣的人。

但反過來說，我們以前是朋友，而且還是最要好的朋友。

小學時看著的東西在眼角若隱若現，成為我的助力。
「反正沒有其他人，可以啊。要約在哪裡見面？」
『車站裡怎麼樣？約在甜甜圈店前面之類的。』
「嗯……知道了。那，因為是放學後……就約大概四點半，嗯。」
約好之後，我就掛斷了電話。掛斷之後我仍看著手機畫面，伸手摸下巴。
我沒想到她會這麼快就打電話來，而且還要再次見面。
「要跟她見面啊……」
我對自己的選擇存有少許困惑。
我們小學時總是形影不離，交情好到像日野跟永藤那樣，所以覺得這樣似乎沒什麼好奇怪……又好像很傷腦筋。要是有名為時間的隔閡，就只能用千言萬語去填補。
雖然應該是有想要問她和跟她說的話啦。總之，應該能船到橋頭自然直吧。我如此做出樂觀的結論。
而且，既然都要去車站了，順便去名古屋看看或許也不錯。
只有一個理由的話，我沒辦法做出行動；有兩個的話，我就會誤以為這樣很合理而採取行動……這是怎樣？
一進到教室，就發現安達在看著我。我揮了揮手，她也用有些不自然的動作揮手回應我。很好——我因為這樣而得到了成就感。雖然也不是解決了什麼事，但就是感到莫名充實。

我帶著還不壞的心情走回座位，發現永藤在別人的鹹麵包上咬了一口。

她不慌不忙地慢慢咀嚼，擺著一副正經表情仔細品嚐。

「喂。」

「這個醬汁味道有點重喔。」

「妳若無其事地吃著別人的麵包幹什麼啊？」

我推開坐在別人位子上擅自講評味道的永藤，搶回我的座位。她這樣，害我很想叫她不要做很像社妹會做的事。「唔哇，居然吃得這麼起勁！」我檢查了一下搶回來的麵包，一口氣少了很多，就像被爆炸炸出一個缺口的島嶼一樣，變成一個彎月形。

桌上還放著半個炸肉餅，像是要替代被吃掉的麵包。永藤面無表情地說明起來。

她因為往麵包正中間咬下去的關係，嘴唇旁邊還沾著醬汁。

「再把這個肉店做的配菜放進去，會更好吃喔。」

「感謝妳毫不掩飾的宣傳，我會跟我媽說一聲的。」

我說著「走開走開」趕走她。「有幫我拿一點過來嗎？」「當然。」小跑步跑回日野身邊的永藤，把捏著的麵包一角送進日野口中。

那兩個傢伙……我伸長脖子觀察，打算過去報復，但似乎已經吃得什麼都不剩了。

其實我大概一個星期前就吃過了——我邊這麼想著，邊咬下炸肉餅。我咬下去之後才開始提防裡面有沒有放什麼怪東西，畢竟她們是那種個性。不過味道很正常，讓我放了心。我吃著炸肉餅觀察日野跟永藤，發現她們正在玩手指相撲。那兩個傢伙是怎麼回事啊？我對她們一刻不得閒的模樣感到傻眼，卻也微笑了出來。我觀察她們的時候，安達轉過頭來看我，所以我打算再跟她揮手一次，但她就像先看出我要做什麼一樣，搶在我之前揮手。不管看幾次，都覺得安達揮手的動作不太自然。往右揮的時候很快，但可以在折返的時候看到她有些不知所措。

就好像直接顯現了安達有些不穩定的個性一樣，挺有趣的。

我刻意以順暢的動作揮手，提醒她這點。

平時的午休時間平淡無奇，但今天的午休令我的內心些微雀躍。

日野跟永藤還有安達都在同間教室裡，偶爾跟她們一起玩。

這樣的生活也會在不到兩個月後結束。那之後的將來，我會找到什麼樣的春天呢？

為什麼要在冬天過情人節？在這個時期出門令人憂鬱到會冒出這種想法。情人節在冬天這件事，背後應該有它的由來或文化，也可能是因為夏天的時候，巧克力會在搬運過程中融化。說起來，也根本沒有一定要用巧克力的理由存在。

我先迅速回家一趟，再騎腳踏車奔向車站。這種時候都要多跑一趟，果然還是讓自己有辦法騎腳踏車上學比較好。乾脆今年春假去找個短期打工好了。這方面或許可以跟身為前輩的安達討論看看。

我逆著夾雜國小、國中、高中學生的返家人潮，猛速騎到車站，急忙趕往甜甜圈店，發現樽見已經到了。她穿著制服，卻沒拿書包，在我以前跟安達一起吃甜甜圈的地方等我。她發現我來了之後，便重新穿上剛才脫掉的鞋子。

「嗨。」

「晚安。」

啊，現在還是說午安的時間。雖然說錯了，但我沒有撤回這句話，直接沉默下來。

我和站起身的樽見一起搭上旁邊的電扶梯。我還沒跟樽見說想去哪裡，但她似乎也打算去名古屋。我盯著她的背影，感到有些突兀。

總覺得好像跟一個陌生人在一起一樣。

「妳要買什麼？」

「巧克力。」

「巧克力？小島妳有男朋友嗎？」

樽見好奇不已地詢問。我反倒覺得妳比較像有男朋友的人。

「沒有啦，只是要買給朋友而已。」

回應的同時，覺得自己也到了會談這種話題的年紀。

回憶跟現實相比，前者肯定會輸上一截。

這個現象所產生的寂寞感，輕扎了一下胸口。

「是喔。」

「嗯。」

對話就像飛不起來的小鳥般，無法順利進行下去。我們都想和對方有交集，翅膀卻沒有張開。我們的翅膀都因為歲月的流逝而無法動彈。

走上二樓，在售票機買票時，我想起了安達。

要是被她看到我跟其他朋友在一起，很可能會「那樣」。

我覺得她可能又會「那樣」。

我原本就很少來車站搭車了，在黃昏時分走過車站剪票口的機會更是少之又少。我們在途中的樓梯和就讀名古屋學校的高中生們擦肩而過。看見這個景象的樽見加快了腳步，我也快步跟上她。她好像是發現去名古屋的車已經在上面了。

跑完階梯，就看到廣播說馬上要離站的電車就停在月台邊。我們一起從最近的出入口搭上車，而身後的門就在我們快速走到車廂中央時關上。

「差一點就趕不上了呢。」

「嗯，就差一點。」

樽見一邊整理亂掉的頭髮，一邊調整呼吸。我也動手整理亂掉的衣服。

往電車行進的方向看去，看到有一個對座的空位。我和樽見面面相覷，雙方都不立刻踏出腳步。

「妳坐吧。」

「小島去坐吧。」

我們互相看著對方，僵在原地。一股奇妙的氣氛掠過我們兩人之間，讓聲音和眼睛都飄向別處。

「那……我去坐吧。」

「嗯……」

與其說是互相禮讓，更應該說是在顧慮對方，有些距離感。如果有兩個空位，或許會比較沒這麼尷尬。就算坐了下來，也覺得有些不自在。

樽見抓著旁邊的扶手，站在我前面。她稍微向前傾，好讓我能看到她的臉。

以前遇到這種狀況時，我都跟樽見聊些什麼？

即使想參考以前的做法，我也想不到半個主意。是聊喜歡的零食？遠足？動畫？

我分神去努力尋找記憶的碎片，卻也只是讓注意力變得散漫。

最後，我只好很普通地詢問她的近況。

「妳現在讀高中對吧？」

「我還穿著制服呢，妳看。」

樽見笑著拉起制服的袖口。我心想真是問了個蠢問題，尷尬地笑了一下。

「小島也是高中生了呢。」

「那是當然的吧。」

畢竟我們同年齡。結束這段無趣的確認後，我們陷入了不知道該說什麼的窘境。

對話就快因此結束了。逐漸逼近我們的沉默中，帶有和安達相處時類似，實則不同的尷尬氣氛。和安達相處時，一直不說話會讓氣氛變得沉悶，但還有辦法活化。相對的，跟樽見相處的氣氛，卻讓我覺得當中彷彿摻雜著經過長久時間而完全氧化的液體。

就好像應該要換新，卻硬要保持過去模樣似的。

「妳有乖乖去學校嗎？有謠傳說妳現在是不良少女。」

「多少有去啦。小島妳的頭髮看起來有些半吊子呢。」

樽見雙手各從我頭上捏起一根褐色和黑色的頭髮。我也看向如蟲的觸角般飄動的頭髮。褐色跟黑色。現在的我，跟以前的我。

「小島在小學的時候，都是怎麼叫我的？」

樽見把身子更向前傾，同時問我問題。

看向我的那副表情跟這個問題，讓我稍微嚇了一跳。

一根小小的刺，刺向了試圖觸及過往的手。

「不知道，我忘了。」

其實我還記得，但一股奇怪的遮羞衝動卻先冒了出來。

可能是因為這樣，我沒能修飾語氣，聽來有些敷衍。樽見聽了之後，有一瞬間露出了目瞪口呆的樣子。我也露出類似的表情，發現自己說錯話，嘴唇就如結凍了般緊閉。她放開我的頭髮之後，閉上雙眼。

她閉著眼，說：

「小島變得跟以前很不一樣了呢。」

「……是啊。」

她說得對，而那說不定就是最大的問題。

豈止很不一樣，我甚至覺得以前的自己根本就是不同人。

以前的我開朗無比，很黏人，很蠢，又隨心所欲。

自由奔放得像社妹那樣。

眼前的樽見，是期待看到那樣的我嗎？

所以說實話，我很不自在。雖然這麼說有些不太對，但我有種變成安達的感覺。

現實的變化不會像回憶那麼美好。

樽見轉身背對我，看往電車外面。這種狀態不斷持續，就在我開始胡思亂想，心想這輛電車能不能迴轉時，終於抵達了名古屋。搭快速列車只要不到二十分鐘的這段時間，感覺起來卻有上討厭課程時的三倍久。關節被引力重重往下拉，身體好沉重。

就好像名為精神疲勞的透明積雪壓在肩上一般。

我們默默走下電車。電車外有許多人排成大列人龍，經過他們身旁時，聞到了各式各樣的味道。

惹人厭的味道，以及有些香甜的味道。經過剪票口後，那些複雜的味道又更加強烈。

前往百貨公司的路上，樽見抬頭望向途中的金色時鐘，說：

「妳還記得幾年前在這個時鐘這裡有發生殺人案嗎？」

「咦，是嗎？」

第一次聽說。我不禁仰望金色時鐘，然後把視線往下移。那裡有許多人在等人，熱鬧得讓人感覺不到曾有過屍體和血跡。原來這種事情是可以被其他事情覆蓋掉的啊。

「嗯，有發生過喔。都市真可怕。」

「的確。」

點過頭後，鄉下人便走進了百貨公司。我們從帽子和包包的賣場前面經過，搭乘下樓的電扶梯。樽見站在前面，而我站在後面。我在我們站的位置中感受到一種類似突兀感的莫名感覺。

地下樓層和之前來的時候一樣，到處都是人，相當熱鬧。燈光也異常明亮，反而令人不自在。我們漫無目的地踏出腳步，像被甜甜的味道引導般，往點心賣場的方向前進。樽見和我都只是不斷四處張望，毫不打算提出話題。只要回想過去，就能從中找到數不盡的話題，但那些名為話題的種子卻受到冬天的堅硬地面阻撓，無法發芽。我感覺到一股「不應該是這樣」的想法。

我察覺到樽見的那種想法，卻只是把臉撇向別處。

進到洋式點心賣場後，我開始煩惱該在哪裡買。結果我還是沒問安達到底喜歡什麼口味，不知道該以什麼標準來挑。稍做思考後，我決定跟著大排長龍的隊伍。這個選擇是基於「隊伍排很長的地方，賣的巧克力應該也很好吃」這種似乎正確，又好像有些太簡單的想法。我心想樽見沒有要買的話，應該沒有必要陪我排隊，但她還是跟在我後面一起排。讓她陪我排隊，總覺得有些不好意思……說不出這種話這一點，感覺實在跟她很疏遠……啊，可是，我們之間確實是有些距離感。

熱鬧的隊伍中，就只有我們有如濃縮了整個冬天般冷淡。

排了很久以後，我們兩個光是買好巧克力，就深深嘆了一口氣。

肩膀僵硬，感覺腦袋有部分很沉重。這股沉重感就跟勉強使用平常用不慣的肌肉一樣。我們像是分擔著，過度接觸人際關係中不習慣碰觸的部分所造成的疲勞。

只能共享這種感覺的我跟樽見，令人覺得有些哀傷。

即使我們默默走著，搭乘電扶梯回到地上樓層，傳進耳裡的也盡是紙袋的摩擦聲。

我注視著裝設在車站外，正好在我正前方的電子宣傳告示板。

「……………………」

目前告示板沒有顯示任何畫面，一片漆黑，在那後方則有一大片紫色天空。

接下來要去哪裡、要不要繞點路——明明有很多可以在這時候說的話……

但我卻連把視線往左或右撇去都辦不到，說不出半句話。

樽見正在等我開口。我想，她大概在等待以前的我開口。

她那種想法，大概從根本上就是個錯誤。

現在的我口中，只會有想逃避寒冷而脫口說出的無趣話語。

「那……要回去了嗎？」

「嗯……」

或許「如坐針氈」就是該用在這種時候的形容詞。

其實，她應該對這次出遊抱有很多期待吧。

原本應該會發生一些事情吧。

但現實中，只存在著甚至令人倦怠的沉重氣氛。

若要問錯在誰身上，那大概是我吧。

我不知道如何重拾和老友間的友誼，只能冷得直發抖。

我們沒有繞道去別的地方，直接走回車站剪票口。老實說，我沒想到會這麼快就買好。排隊買巧克力的時間，比跟樽見面對面的時間還久。我沒有傳郵件跟母親說不吃晚餐，並非是預料到這種狀況，但以結果來說，這樣是對的。

轉過頭看向樽見，就發現她正搔著頭，有些疲累地閉著雙眼。

我好像讓以前的朋友失望了，這感覺意外難受。

我假裝沒看見她那模樣，通過剪票口，走上階梯，直朝著電車前進。

「…………………………」

往右可以看見夜晚，往左能看見黃昏的尾巴劃過我和車廂內。

我們搭著回程的客滿電車，我在搖晃的車廂中將注意力放到昏暗的遠方，開始思考。

人究竟想從過去中找出什麼？

曾經幸福的世界、過去純真無邪的自己，以及想遺忘的傷痛。

可以在過往回憶中看見各種足跡。這些全是我也擁有的東西。

但我的過去與現在是以荊棘相繫著。只要碰到它，就會被不成熟的自己所傷。

若想抓著荊棘把過去拉來現在，手心——現在的我一定會遍體鱗傷。

我沒有什麼特別討厭的回憶，但以前的自己跟現在相差太多，我不想直視。就這方面來說，我很保守……應該說，這讓我自覺到我意外地很喜歡自己。我不想改變現在的自己，想遺忘過去行為舉止不知羞恥的自己。

這還真是正值青春期的自我意識啊。我假裝冷靜，如此自嘲。

這時，手機響了起來。雖然車內很吵，但我沒有說話，所以能聽到鈴聲。是安達傳來的郵件。我不讓樽見看到手機，好奇地確認內容。

『明天有空嗎要一起去哪裡嗎可以一起去玩嗎？』

感覺像是急著寄出來的，內文看起來有些急促。一想像安達拿著手機慌慌張張打字的模樣，就不小心稍微笑了出來。樽見聽到我的笑聲，轉頭看向我。

「怎麼了？突然就笑出來。」

「呃，沒有，嗯……」

我遮著嘴角，敷衍地說聲「沒什麼」。不知道為什麼，就是沒辦法老實說出口。

總覺得這似乎顯現出了我跟樽見現在的關係。

所以我馬上回信給安達，內容寫著：「可以啊～」

因為那就是我現在的人際關係。

電車開回了我們鎮上。樽見先下車，我跟在她後面。我察覺，結果我們還是沒有並肩走路。如果是安達，這時一定會想走到我旁邊牽手。我以前也會跟樽見並肩走著，但現在的我們卻是呈一直線。

一前一後，要是混入人群中，很可能會變成陌生人……現在的我們就是這種感覺。

通過剪票口後，樽見轉過身來。過去的摯友微微舉起手，幾乎要被不斷從旁經過的人潮淹沒。

「那……再見了。」

樽見有些猶豫地簡短道別。

我呆站在原地，目送她的背影遠去。

這樣真的好嗎？持續不斷的自問如電車般動搖著我。

這當中出錯了。我發現自己在某個地方做錯了。

修正錯誤肯定才是不令人後悔的選擇。

回憶不會成長，但我——我們會。

「唔……」

心裡有種曖昧不明的東西。

「唔唔——」

心裡有種模糊不清的東西。

「唔唔唔——」

這種時候該怎麼辦？我知道怎麼做，卻僅僅是發出低吟。

一股熾熱爆發出來。

「唔唔唔唔——！」

真是優柔寡斷的傢伙——我敲打側頭部。猛力敲下，眼前一陣搖晃。

這時，我才終於清楚了解到自己該做什麼。

一直盯著不明確的東西，也不會冒出明確的解答。也有些事物是要自己的看法也變得曖昧不清，才能清楚看見它的模樣。追尋，然後大力踏出腳步。

我在看不見那背影之前，用力抓住荊棘，拉向自己。

不懼怕受傷，積極拉近那段過往。

「小樽。」

我沒有感受到被荊棘刺傷的疼痛，但臉頰正在發熱，心臟也劇烈跳動。

這道聲音傳得到她的耳裡嗎？傳得到以前最喜歡的朋友——摯友耳裡嗎？

許多事物隔著人群逐漸流逝。

又遠離了一步。逐漸遠去。她沒有聽見，聲音沒有傳進她的耳中。

就在我快要放棄而垂下了雙臂時，我使力把手湊到嘴邊。

「妳是沒聽到我喊『小樽』嗎——！」

發出這聲大喊的，一定是以前的我。

我沒辦法捨棄現在。人無法輕易改變自己。

這只是以前的我被拉了過來，稍稍探出臉而已。

樽見跟我們重逢時一樣迅速地轉過身來。

現在的我，一定是帶著笑容面對她驚訝的臉龐。

「再見了～」

聲音自然變得高亢、柔和。就像還天真地相信能再見的那時候一樣，開口道別。

我想起了一件事。

小學最後一次分別時，我也曾這麼說。以為馬上又能夠再見面。

她還記得嗎？還記得這算不上是約定，希望再次相見的小小願望嗎？

而她現在也和當時一樣——

面帶笑容。

不良少女露出滿面笑容，對我揮手。

說了聲「再見」。

我們像以前一樣，道出理所當然的「再見」。

會不會有下次，是個未知數。

實際上，我們的友情早已生鏽、崩壞。或許今天只是殘骸上的碎片，恰巧散發出了微弱光芒而已。

即使如此……

我仍然真的認為——

那笑容非常燦爛，甚至令我指尖發麻。

於是，明天終於就是十四日了。

啊～真是漫長。

附錄「肉店來訪者5」

難道日野喜歡我的胸部嗎？

「唔……」

因為她動不動就想摸我的胸部。不對，是想打。她打得挺大力的，有時候會很痛，所以我都有防範未然，不過，她到底為什麼要這麼做呢？

「唔唔……」

「妳從剛才開始就在『唔……』，是在假裝沉思什麼啊，喂喂！」

坐在對面的日野向正在沉思的我搭話。她總是在我身邊。

直接問本人最簡單。但好像有人跟我說過，不能變成一個什麼都問別人，不去思考的大人。不對，說不定是漫畫的台詞。雖然我忘記是從哪裡聽到或看到這句話，不過我認為這確實很重要。所以我這次放下了想拿零食吃的手，試著思考。

我自己是很討厭這對胸部。我實在很在意容易招惹他人視線這點。

但如果日野喜歡的話，我可能有必要改過自己的價值觀。

「唔唔唔……」

「反正妳想了，也會過個三秒就忘記啦～」

日野說了句很失禮的話。我再怎麼笨，也不會那樣。

我看向說出那種話的日野。她的胸部平坦，身材也很嬌小，跟我完全相反。我們明明經常一起吃飯，為什麼會有這麼大的差別呢？下次來問問日野吧。

現在更必須思考日野摸人胸部這件事。

所以，日野是喜歡我的胸部才那麼做嗎？

「唔唔唔唔——！」

「好了，要給妳巧克力嘍。」

「啊——」

把嘴巴朝上，大大地張開之後，剛才在煩惱什麼都忘得差不多了。

「今天的安達同學」

我該多久寄一次郵件給島村？

在我不斷煩惱、思考、猶豫的時候，上次寄郵件就已經變成大約兩星期前的事情了，於是我又寄了一封。

這樣的頻率或許剛剛好。

第四章

「以及擁抱聖母的愛，金盞花」

因為每次都這樣，也開始習慣了，有種「喔，又來了」的感覺。總之我沒能睡著。

從窗簾縫隙射進的晨光刺得我瞇起雙眼，同時我也以一句話概括自己。

「真是毫無進步。」

光是稍微搖頭，腦袋就像撞到頭蓋骨般疼痛。簡直像是遠足前一天興奮到睡不著的小孩一樣。我感覺到有如束緊全身的倦怠感及窒息感，閉上雙眼。沉浸在黑暗與呼吸聲中，忽視掉身體的感受。不去注意肩膀，忘掉頭部的沉重感，吐一口氣。

重複這個動作幾次，身體的倦怠感就很神奇地緩和了下來。結束之後，我拿起枕邊的手機，再看一次島村說「可以啊」的回信，然後走下床。

我必須要化點妝，才可以讓臉色比平常更蒼白的自己多少能好看一點。在那之前先換好衣服，再隨便吃個麵包，洗洗臉——我在心裡決定接下來要做什麼。

唯一的救贖是今天沒有因為太煩惱要穿什麼，而發了瘋似地選擇穿旗袍。

不過島村對旗袍的評價也挺不錯的，如果她拜託我，也是可以再穿。

……應該說，島村的要求我應該大都拒絕不了。

該不會我的思考其實很危險……岌岌可危……不，才沒有……好像有？有嗎？可能有吧……頭原本就很痛了，還受到這種令腦袋繃得更緊的疑問折磨，讓我好想吐。

一走出房門，發現房間跟走廊的溫差不大。地板冷得像是站在冰上一樣。

這麼冷的話——

「……不會有問題吧？」

我很擔心島村會不會躲在暖爐桌裡冬眠，不肯出來。

我的擔憂中，開玩笑和真的那麼認為的成分各占一半，但看到島村走進教室，就全像是融化的雪水般流向別處了。光是看到島村一眼，胸口就像是真的有一股暖流通過，這都是因為現在是冬天。如果教室裡只有我跟島村，我可能會大力向她揮手打招呼。也會立刻就不再在意自己睡眠不足。

不愧是我的太陽……本來以為說過幾次就不會難為情了，結果還是會。

島村在走去自己座位前，先繞路來找我。這麼快就來了啊，已經要來找我了——我不禁抬起手肘，做好面對她的準備。我像是遇到恐怖情境般，僵著身體等她過來，但島村只是笑笑地說：「我有帶來，妳放心吧。」說完又馬上離開了。

「……………………」

怎麼可能在這種眾目睽睽的地方給嘛，嗯。我知道這一點，卻仍然有種她故意先不給的感覺。我簡直就像島村養的狗一樣。不對，實際上沒有那麼誇張，不過，如果我是狗，就可

「記得是要去哪裡玩吧？」

「嗯。」

如果我長著狗尾巴，現在肯定在激動地左右亂甩。

「妳有想去的地方嗎？」

「我想去名古屋……呃，會不會太遠？可以嗎？」

島村小聲說著「名古屋」，睜大雙眼。是不是突然選了一個太遠的地方了？我正想跟她解釋去那裡的理由，島村就「啊哈哈哈哈！哈哈哈」地大笑。咦……她突然這樣，反倒讓我在其他方面上擔心了起來。我根本不知道剛才的對話中哪裡有笑點存在。

「原來如此，事情就是這麼巧啊。」

「咦……妳是指什麼？」

「別管了，走吧走吧。剛好我也想去那裡。」

島村把課本隨意塞進書包，迅速站起。她剛好也想去？

正當我在為態度與言行跟平常大不相同的島村感到困惑時，她看向了我的臉。

「話說，妳去那裡要做什麼？」

「去買巧克力……呃，我還沒買……啊，我覺得當天買，可能會比較新鮮……」

「啊哈哈哈哈，這樣啊，那還真不錯。」

我才辯解到一半，就被島村的笑聲打斷……她怎麼了？難道島村也意外地很興奮……

嗎？但我總覺得不是那樣。完全是個謎啊。

不過，即使謎團重重，我也因為她看起來心甘情願而感到放心。

話說回來，我還沒收到最重要的巧克力。

我不斷偷瞄島村的臉，她立刻察覺了我視線中的意圖。

「啊，巧克力嗎？」

嗯嗯嗯——我微微點了三次頭。島村輕拍了一下書包，說：

「妳買好之後，我再拿出來。先給的話就不是交換了吧？」

她又吊人胃口了。不過，她說的也確實沒錯。

我果然是島村養的狗嗎？我邊這麼想，邊難為情地抓抓鼻子。

「妳今天不換穿旗袍沒關係嗎？」

來到腳踏車停車場時，島村開口調侃我。我被她這句話激怒了。

妳想看的話，要我回去換旗袍也沒問題啊——我本來想這樣瀟灑回應。

「如果……妳……想看……的話……」

真是含糊到不行。就連我們店裡的炒飯，都比這句話鬆散。

「啊，不過，要是弄得太晚也不好。」

島村可能以為我是認真的，要我直接去車站。

就算是我也不會當真。我在繼續丟臉下去之前，跨上了腳踏車。

島村立刻搭上腳踏車。雖然還沒出學校，但我也不管那麼多，直接踩下踏板。

今後應該只有島村會搭上我的腳踏車。

我默默祈禱事實真能如此。

到車站之後，島村說：「啊，用跑的就能趕上電車。」於是我們跑了起來。雖然我很疑惑她怎麼會知道電車的時間，但我在開始思考之前先動起了雙腳。

我們跑了一段路到電扶梯，島村說了聲「休息～」。乖乖搭電扶梯到二樓後，她又說「快跑～」，我們又跑了起來。如果是照島村的指示奔跑，那光是動著雙腳都覺得很開心。

我有這種感覺。

我們跑過剪票口，來到月台，右邊停著的不是快速電車，而是普通電車，看到有車的我們搭上了那輛列車。

普通電車沒有快速電車那麼擠，但座位也幾乎坐滿了。

其中，有一個位在角落的空位。

「有一個空位呢。」

島村說完，也不知道是覺得什麼事情有趣，笑了一聲。今天的她一直在笑。

「安達妳去坐吧。」

「沒關係，給妳坐。」

「哎呀~妳去坐比較好啦，畢竟妳上課的時候都睡著了。」

她這麼說，讓我有點尷尬。我還是不喜歡那個座位。

「那我去坐了。」我戰戰兢兢地縮起身體坐下。島村看到這一幕，又在隔了一小段空檔後莫名笑了出來……好奇怪，今天的島村常常在笑。她心情很好嗎？是……是因為跟我在一起？因為跟我一起出來逛？還是——我想像箇中原因，摸著臉頰向島村詢問真相。

「我問妳……」

「嗯？」

「我……該不會露出很好笑的表情了吧？」

她會不會是在笑我露出了奇怪表情？我擔心地詢問島村，她就睜圓了雙眼。從這反應來看，好像不是那樣？咦，這樣反而更讓人難為情——我的思緒陷入混亂，這時島村又笑得更開心了。今天的島村究竟是怎麼了？

不過，島村開心的模樣，也緩解了我的緊張。

「普通電車大概要花二十分鐘才會到吧。」

「確實……是那樣。」

我不太清楚，但還是點頭回應。島村抓著扶手，看向我的臉。

「不覺得這段時間很無聊嗎？」

島村要我想想辦法。感覺她好像提出了無理取鬧的要求。

明明這種時候通常都是島村負責解決，今天卻反了過來。

「那……呃，要不要玩接龍？」

這提議太幼稚了。說完我才開始後悔。不過島村卻很乾脆地說聲「不錯啊」，接受了這個提議。玩接龍也無妨嗎？在我感到驚訝時，島村就為接龍起了個頭，說：「蘋果。」

「果……果報。」

「妳選的詞好有味道啊。報……報……報應。」

「應運而生。」

「就說妳選的詞太有味道了喔。」

我們就這樣平淡地持續玩著接龍。中途因為電車靠站，車廂內的人們也產生了流動，有些座位空了下來，又或有人填補了空位。其實有好幾次換座位的機會，但我們沒有移動腳步。也許我們都察覺到了對方「想繼續維持現在氣氛」的想法。

然後，輪到我來接不知道是第幾次出現的「喜」了。

說到「喜」……

「喜……」

喜歡。

「朽呃忽。」

因為我必須抑制臉上忍不住露出的笑容。

「那我要揭開謎底了。」

島村先說完這段話後，拿出了一個東西。是跟我手上巧克力一樣的包裝。

「其實我昨天在這裡買巧克力呢。」

「啊，這樣啊……咦……咦？」

這樣就變成交換一樣的東西了，她為什麼要推薦我去那間店買呢？

……是因為看起來很好吃，想吃吃看嗎？

「那麼，我們就來交換吧。給妳，恭喜妳。」

……恭喜？雖然覺得有些奇怪，但受到祝福的感覺不壞。

我和島村交換相同的巧克力。這個動作就像是替換成一樣點數的撲克牌，但其中卻有相當大的意義存在。我和島村交換了巧克力。這個事實才是最重要的。今天沒有其他事情比這件事更重要了。

「不要把它擺著當裝飾，早點吃掉喔。」

島村應該是在開玩笑，不過，我卻覺得好像被她看穿自己可能這麼做，心裡不禁捏了把冷汗。

「啊，那我現在吃吧……」

我動起手，以免被她看出我心中的慌張。「還真快耶。」我在島村感到驚訝時拆開包裝，

拿起盒子。裡頭真的和我買的一模一樣，裝有各種口味的巧克力。

我隨便拿起一個，放進口中。甜甜的口感中，還帶有些許水果的酸味。

咬著咬著，嘴裡就充滿了甜味，讓人得到一股確實的滿足感。

「嗯，很好吃。」

說出自己的無趣感想後，島村就從下方往上看向我的臉。

「妳真的那麼覺得？」

「呃……嗯。」

「是喔。」

島村繼續看著，並把臉漸漸貼近我。感覺她好像非常懷疑我的說法。而且她把臉貼得很近，讓我冒出「啊，既然能這樣，那被懷疑也無所謂」這種莫名其妙的想法。這時，她突然捏住我的嘴唇邊緣。咦？怎麼回事？正當我大吃一驚時，她又戳了我的嘴唇好幾下。

嘴巴裡已經沒有巧克力了，它的甜味卻一直殘留著。

「很好，看起來的確是那樣覺得。」

島村似乎認同了我的說法，把臉退開……有什麼方法可以讓我再被她懷疑嗎？

「妳要不要……也吃一個？」

我下定決心拿起白色包裝的巧克力，遞給島村。

「那我就吃一個吧。」

島村伸出手來拿巧克力，但我躲開了她的手指，說：「啊……啊～」把巧克力拿近她的嘴邊。

「…………」

「……………………」

希望她可以快點做出一些反應。我擔心身體產生的高溫可能會讓巧克力融化。

「啊，那我就……」島村似乎有些困惑，但還是吃下了巧克力。

島村嚼了幾口，說：「嗯，很好吃。」摸了摸手上包裝未拆的巧克力。看來她開始期待回去之後吃那盒巧克力了。若是那樣，那交換一樣的東西還是有其意義存在。

我也打算剩下的之後再吃，小心翼翼地把盒子跟包裝弄回原樣。我得要花點時間，誠心誠意地面對這盒巧克力。

我們避開人潮，從附近的樓梯回到一樓。就在這時，島村拿出手機，然後——

「應該差不多了吧。」

「……什麼東西差不多了？」

島村看了時間後小聲說道，我也回問她。她收起手機，說完「總之走吧，跟我來」就踏出了腳步。我好奇地跟在她旁邊一起走。

島村帶我前往的，是車站外頭。一走到奇妙的銀色立體藝術品附近，就感受到夜風的吹拂。她找到裝設在稀疏草皮中的某個東西，說：「應該就是那邊吧。」並在那附近停下腳步，

觀察情況。

那是車站用來宣傳的電子告示板。現在上頭沒有顯示畫面，四周也有些昏暗。

不過，似乎除了我們之外，還有男女情侶等許多群眾在關注告示板。我以眼神詢問島村是否有什麼特別的事，她只轉動視線看向一旁的我，笑著回應：

「等到了六點……啊，開始了。妳看。」

島村指向告示板。我乖乖順著指示，望向她所指的方向。

剛才一片漆黑的告示板上，顯示出「我最喜歡某某人了」、「愛你喲，啾～」等光看就覺得難為情的短文。情侶們看著那些如電車內新聞告示般不斷更替的文字，興奮地說著哪些是自己寫的。看來那是特別為情人節設計的活動。

在那些訊息像這樣不斷變換的途中，出現了那段文字。

「我們今後也要好好相處喲！島村抱月」

這樣的一段訊息顯示在電子告示板上。

島村是誰啊？一開始我的腦袋還浮現了問號。（註：原文平時皆以平假名書寫島村的姓氏，

此處則是使用了漢字全名，因此會令安達一時感到不解）

「啊。」

是島村。原來她叫這個名字啊——我又看了一次，也再次感到驚訝。

「妳的名字怎麼會在上面？咦？」

我交互指向告示板跟島村。島村難得像個小孩似地露出開朗笑容。

「晚上有個占卜節目，我參加了他們舉辦的活動。」

我知道她說的是哪個節目，立刻理解這到底是怎麼回事。

是我在看的那個占卜節目。

咦，原來島村也有在看啊？而且還是每天看，真令人意外。

還有，那個收集關鍵字活動換的禮物，原來就是這個啊。

「想說反正我自己也看不到，就寫了很普通的內容。」

島村說著看向告示板。我也跟著往螢幕看去，但告示板上的短文早已更換成別人的了。

「還真是靜不下來耶。」島村笑道。

我注視著那段別人寫的訊息，反芻剛才那段島村寫的話。

我們今後也要好好相處喲……………………………………是跟我……嗎？

「妳……妳說好好相處，是怎樣的……」

「咦？也沒有什麼怎樣的，好好相處就是……呃……要說得具體一點啊……」

聽見我那聲低語的島村開始煩惱起來。我看著她這副模樣，說出更脫軌的話。
「像是在方向性上……是友情……之類的……」
說什麼「之類的」，除了友情以外還會有別的嗎？要是被她這樣吐嘈，該怎麼辦？正當我陷入絕境時，島村笑著舉起手說「哇～」，然後又立刻放下。
「就像這種感覺？」
島村微微歪起頭，詢問我覺得那樣形容如何。
「啊，嗯……就……就是那種感覺。」
我也學她哇地舉起手。我大概是想像了一些事情後，覺得有些失望吧。
島村等我的手像萎縮起來般放下之後，開口說：
「不過那樣寫，跟安達一起看或許挺剛好的。」
「……咦？」
「我要寄去的時候，第一個想到的就是安達，就寫了像是要對妳說的話，嘿嘿。」
島村彷彿遮羞似地露出誇張笑容。
那副表情正是最後一根稻草。成為決定性的要素，壓垮了我。
「啊……」
心中的水位漸漸上升。而在內心的另一處則有種情感像是為此感到焦急般，一口氣湧現出來。

同時我的腦袋也冷靜了下來，但過沒多久又發燙得有如熱水沸騰。

「妳突然打我做什麼……」

島村講到一半，又嗆到了一次。過意不去和難為情的心情讓我的舌頭無法動彈，一直無法開口道歉。我感到呼吸困難，感覺連我都要嗆到了。

「抱歉。」

我把全身力氣集中在頸部，才終於想辦法講出了這句話。後頸已經開始因為抽筋在疼痛，連背部肌肉都跟著痛了起來。

「真是嚇了我一大跳。」

島村一副在意周遭視線的模樣，搔著頭。要是在這麼多人的地方被人抱住，而且對方還是女生，這……呃……會很奇怪。

這點我很清楚，可是，身體卻自然而然地動了起來。

「呃……嗯，不可以什麼都不講就突然抱住我。」

島村像是在勸誡小孩子一樣說道。

聽到這段話的我點頭幾次作為回應……咦？反過來說，有先講就可以嗎？

「可以嗎？」

「咦？」

「有經過……同意的話，那個……就……」

我像鍬形蟲開闔大顎那樣交叉雙手。島村看著我的動作，發現這代表什麼意思後，簡短說了聲：「咦……」

「妳想抱我嗎？」

猶豫到最後，我還是老實地微微點頭。島村尷尬地不斷轉動雙眼。

「為什麼？」

居然追問理由。她的提問讓我不禁這麼想，緊張到心臟劇烈跳動。

就算問為什麼，我也只是受到衝動驅使，無法清楚說明理由。

因為我喜歡島村——這種話實在太直接，根本說不出口。

「因……因為很溫暖……」

這個理由，是我看到島村被風吹到打了個冷顫所想出來的。

島村露出一臉想說「啥啊？」的表情，半張著嘴。

我連忙試圖解釋，但又察覺可能會像平常一樣越描越黑，變得進退兩難。我想退縮，卻也無法走上退路，得出的答案是踏入荒野。

「來取暖吧！」

腦袋跟耳朵發熱到快冒出蒸氣的我豁了出去。

老實說，我的身體已經很熱了。熱到甚至覺得我是不是把臉貼上了熱水袋。

所以我想把多出來的熱分給島村就只是那樣所以我們來抱一下吧。

附錄「社妹來訪者5」

「我來拿巧克力了。」

「唔哇！」

突然有顆水藍色的頭從旁邊冒出來。從顏色來看，是小社。

在放學回家的路上遇到她是件稀鬆平常的事，但今天是在我家旁邊相遇。

她在等我嗎？

「我來拿巧克力了喲。」

小社不斷轉動雙手。我也先跟著轉起手臂，心想：「咦……」

我不小心把準備給她的巧克力吃掉了。很甜，很好吃。嗯，我不後悔。

「情人節已經結束了耶。」

「我跟小同學間的約定可還沒結束喔。」

小社面露微笑否定。

唔，她的說法好像有點帥氣。居然有這麼時髦的要巧克力方法。

唔唔唔。

「妳等我一下～！」

「我等～」

小社很有活力地伸直背脊。我讓她在外頭等著，跑進家裡。還沒看到姊姊的鞋子。我把背包放到房間後，拿著錢包回到外面。

待在外頭的小社不斷跳來跳去。

「冷靜下來～」

我試著學姊姊把手放到小社的頭上壓住她。我試著這麼做，但是側腹好痛。碰不到。

小社沒有很高大，可是我也很嬌小。就算伸長身子，還是沒辦法抓穩她的頭。既然這樣的話——於是我也跟著跳了起來。跳起來就碰得到了。是碰得到啦。

啊。這樣會因為我也在跳的關係而壓不住她。

結果，我跟小社一起跳到累了才停下來。

我的臉在運動過後開始發熱，不會太冷，也不會太燙。接著我才對小社說：

「那我們現在去買吧。」

「喔～那樣挺不錯的。」

我們的對話有點對不上，不過小社很高興。

小社有時候講話會怪怪的，好像不太習慣的感覺。這也是因為她是外國人嗎？

「今天的安達同學」

今後「也」要好好相處就表示島村覺得我們之前也很要好，意思就是我們還有「以後」，「過去」也是美好的回憶，這個事實使我縮在被窩裡不斷發出「唔……呵……呵呵」的笑聲。

我在一片漆黑的棉被裡動著手，反芻島村背部的觸感。

以後要是在夢裡抱住島村，也一定不會覺得空虛。

第五章

「櫻—願望閃耀之時—」

為什麼要考這間學校？我察覺自己想不起其中動機，是因為根本就沒有動機。我直接以別人看考試成績推薦的學校為目標，默默付出能考上這裡的努力，在國中畢業一個月後理所當然地變成高中生。記得入學典禮那天也是外頭稍微變暖了些，還有因為人太多，使得要去看貼在校舍入口的分班表變得很麻煩。

我不喜歡擠在人群當中，就在有點距離的地方等待人群散去。等待的時間非常久，竄過雙腳間的風也相當寒冷，我甚至半當真地想直接回家。反正沒有要上課，而且光想像校長致詞大概也不會和國中入學典禮時的有太大差別，就覺得厭煩。

和大批新生保持距離的不只有我，還有一個女生也發著呆，在遠處等著。忽然，我和距離我不遠也不近，呆站在原地的那個女生四目相交。

回想起來，當時和我對上眼的人就是島村。

當然，這時候的我對她毫無興趣，立刻別開了視線。

不要看著我啦——我甚至這麼心想。

現在想想，我那麼做真的很可惜。要是那時對島村多少有點興趣，也許能更早和她成為朋友。結果，我不只錯開視線，還明顯地往一旁跨出腳步，拉開和島村之間的距離。啊，真是的，呃……到底在做什麼！

當時冷淡至極，不可能會有現在這種心境的我，在確認完分班表到進入教室前的那段時間內，心情實在是糟到谷底。想到接下來要被入學典禮占用更多時間，必須前往校舍的雙腳就差點往腳踏車停車場走去。

我在教室裡沒有和任何人交談，只是靜靜坐著時，來到教室的班導就命令大家到走廊排隊。很討厭的是，以五十音順序排列的話，我就會站在女生隊伍的最前面。國中時還有姓赤田和相原的人，所以我不是第一個，但這次毫不留情地非得被迫站在最前頭。明明我就不適合站在這種地方。（註：三者的日文發音開頭都是「あ」）

班導毫不客氣地對無可奈何地站到最前面的我下各種指示。

像是站在第一個的人要動作俐落、喊整隊的口令等麻煩的事情。

我不想那麼做，就撒謊說要去廁所，逃離那個地方。然後就再也沒回去了。

耗很多時間確認分班表所產生的焦躁，應該也是促使我那麼做的原因之一。

我直接走出校舍，確定停車場沒有引導新生的老師後，便拿出腳踏車的鑰匙。我就那樣不理該做的事、逆著風，若無其事地前往停車場解開腳踏車鎖，騎車離開學校。中途沒有被人看見，非常順利。

雖然書包還放在教室，但反正明天也要來學校，就沒有回去拿。

腳踏車輕快地奔馳著，來學校時是逆向的風也成了當中的助力。

我不習慣被周遭人命令東命令西。家人對我毫不關心，不會多說什麼，應該是我會這樣的理由之一。父母甚至幾乎沒有開口提過我畢業後要去哪間學校。我們會演變成這種關係，有部分原因在我。不扯上關係，也不會產生怨恨。不會有任何想法。

我並非排斥受到各種指示，而是不知道該怎麼應對。我不知所措，不想繼續思考，所以才像這樣逃了出來。就算逃走了，心中的困惑依然持續。

我大大吸了口氣，心想這樣是否能洗淨心中的鬱悶，但還是徒勞無功。

在回家路上，我決定先繞去公園一趟。反正直接回家也沒事做，而且我對於蹺課也抱著有點類似罪惡感的感覺，想說去公園殺殺時間。

我家附近發生案件的頻率實在低得過頭，因此現在不在警察的巡邏路線當中了。由於不用擔心被警察抓去輔導，我很放心地把腳踏車停放在公園入口，然後坐到相較之下沒那麼髒的長椅上。

因為時段特殊，所以空曠的公園裡只有我一個人。我把手放上長椅，伸直腳，看向公園和外頭的道路。這座公園以前就有了，但我不記得以前有來玩過。

以前的我都在哪裡做些什麼？

我對於想去哪裡、想做什麼這類的願望相當薄弱。現在想想，感覺開始有這種狀況的原因，在於我還很小的時候，被帶去動物園玩時發生的一件事。

那時的我想要擺在商店裡的動物玩偶，卻沒能向父母央求。這是因為父母看我見到動物都沒有露出令他們滿意的反應，開始越走越快，讓我覺得很害怕。而自從我到最後都說不出自己想要什麼的那一刻起，我就變成了不管有什麼願望，都不會表露出來的人。

同樣的情況經歷數次，我也忘了如何央求。對周遭事物變得漠不關心。

現在甚至連自己都看不清了。

我認為，這樣的人只要閉著雙眼就好。

這麼一來，事情就會在沒有任何開端的狀態下一個個結束。

從隔天開始，我就完全被教室裡的同學當成不良少女了。

當時的我甚至還覺得這樣就不會有人來跟我說話，找到了一個舒適的居所。

睜開雙眼時，我聽到窗外有小鳥和烏鴉在鳴叫。

我斜眼看向窗邊，看到有光從闔上的窗簾隙縫中竄進來……看來我在不知不覺間睡著了。我不記得有睡著……這麼說也挺奇怪的，總之等我回過神來，就已經是早上了。

我沒有感覺到閉著眼到睜開眼之間有段間隔。

這種狀況可以說是睡眠品質不好。

一直維持著像磕頭般的姿勢睡覺，使得腰跟後頸很痛。

我居然保持這種姿勢睡覺，睡相還真好……不對，應該是不好？

整晚貼在棉被上的額頭也像是有東西壓在上頭似的，不太穩定。起身時傳來骨頭摩擦的聲音。腦袋模模糊糊的。我無法撐住身體，直接往一旁側躺下去。

原以為會睡不著，卻意外簡單地入睡，但在放心的同時也為什麼都沒能準備就迎接早晨到來而不安。說是這麼說，可就算我醒著，也做不了什麼。結果早已公布在學校，想干涉也干涉不了。

不過，如果祈禱有用，我可能會雙手合十一整晚就是了。

「……學校。」

要去學校才行。我沒有睡過一覺的實感，眼前一片模糊，但視野突然清晰了起來。

看來是一想到學校，就緊張得沒有繼續意識朦朧的餘力了。

我走下床，呆站在房間中央，同時再稍微思考之前回想的事情。

回想以前……說是以前，也只是一年前的情況，就發現——

「……總覺得，我的個性好像變得挺多的……」

和現在的自己做比較，就為那冷淡的個性感到訝異，像是看著別人一樣。

現在不只不會心想「不要看我」，還變成「快看我快看我」。

「…………………」

一注意到這件事，就開始難為情起來。

我想了一下自己是什麼時候開始像變了個人似的，應該是在遇到島村之後，是因為她吧？我想是吧——雖然很難為情，但還是深深這麼覺得。島村會不會也覺得「喂喂喂，妳跟一開始的時候差真多耶，感覺好像某種詐騙啊」呢？

我無視了許多事情，而自己也只是不斷隨波逐流。

這麼做也有其輕鬆之處。不會點燃任何事情的導火線，毫無窒礙，這樣的生活也意外地不壞。

現在的自己形狀凹凸不平，每當想做些什麼時，就會因此受阻。

這讓我聯想到金平糖那樣的形狀。和島村的相遇，就像砂糖一樣嗎？

「唔……」

以前和現在的自己，哪個才是真正的我……

這種事情不用多想也知道，全都是真的。

真正的自己只有現在在這裡的我。而我的現在，則和過去有著確實的聯繫。

我不打算否定其中的演變。

因為我也還算喜歡現在的自己。

腳踏車的踏板踩起來很沉重，和晴朗天氣的清爽感呈現對比。雖然陽光強烈，颳起的風卻又乾又冷。現在已經是四月了，但春天似乎還沒從冬眠中完全清醒過來。

我上一次騎腳踏車，是上個月的結業典禮那天。突然發現，我春假時幾乎沒有出門，也沒有和島村見面。今天見得到她嗎？

到時候，我會帶著什麼樣的表情面對她？

隨著越來越接近學校，我的胃也開始痛起來。大腿後側發麻地抖動著。太緊張了。現在的我比去確認有沒有考上學校時還要認真。

這件事有這麼重要嗎？重要到抓著握把的手差點滑開？

我對內心產生的兩個疑問皆給予肯定回答。這對我來說可是攸關命運。

「……嗚嗚……」

即使有決心，胃痛也不會因此緩和下來。走完路途的一半以前，我還很害怕抵達學校，但從途中開始就覺得無所謂了，希望趕快到學校。看來忍耐極限來臨地意外迅速。

在手汗越滲越多時，我終於來到了校門前。和去年一樣，有老師站在門口附近告訴新生腳踏車停車場的位置。我從老師一旁經過，一如往常地停下腳踏車。停車場的腳踏車比平常多了不少，想找到一個隙縫都要費一番工夫。

「啊。」一下車拔下鑰匙後，我才察覺自己把車停在一年級用的區塊。明明今天開始我就應該停在二年級那裡才對。我原本在猶豫要不要移個位置，但現在還有更重要的事情，於是我假裝沒發現，握緊拳頭踏出腳步。

種在校內的櫻花受到風的吹拂，使花瓣四處飄散。我走在已經能看見綠葉的櫻花樹下，感覺頭都要暈了。甚至每向前一步，就開始覺得反胃。

我在搖晃的視野中繼續前行，接著看見一幕眼熟的景象。

很多學生聚集在校舍門口，相當擁擠。和去年一模一樣。去年我一直等到人潮散去，但今年可等不了那麼久。我帶著跳入急流般的心情擠進人群當中。雖然沒有力氣和餘裕撥開人群，但還是利用肩膀硬擠進去，投身人潮的正中央。即使差點被眾人相互推擠的肩膀擠扁，也想辦法走到了能看見分班表的位置。

首先找我的名字。分班表的姓名排序是照五十音排列，從上面開始看應該能馬上找到。我左右移動視線，心跳也以相同的節奏跳動。連後頸部都一起跳動，感覺快要窒息了。

而在眼睛轉了一圈後，我的臉色因為別的理由變得蒼白。

眼睛底下就有如受到拉扯一般。

「找不到……」

到處都找不到我的名字，也找不到島村。我困惑地睜大雙眼。

我呆站在原地稍做思考。然後，理解到為什麼會這樣。

這是新生的分班表，怎麼可能找得到。於是我連忙離開。

從剛才開始，光是什麼都沒做就快暈倒了，這個失誤更是重重加深心中的緊張。

這讓我再次體會到自己已經是二年級，使得臉頰開始熱了起來。就算只是想離開這裡，都得耗上不少力氣。我彎起膝蓋，盡可能不進到別人視線內脫離人群。走到人潮外面之後，眼前景色仍然猛烈地往右旋轉，差點就頭暈了。

在不舒服到極點的同時，我也看到另一頭的校舍有同樣熱鬧的人潮。似乎是在那邊。日野和永藤並肩往那走去就是最好的證明。她們好像沒有發現我，直接走進校舍。

「又～同班了啊。這是第幾年了？」

「大概第十年？」

我聽見她們兩個開心地如此聊道。看來日野她們被分到同一班。好羨慕。我以羨慕的眼光目送兩人遠去之後，再次走進人群當中。

整體來說，這邊的人身高比新生還要高。我在快被淹沒的同時察覺到了一個差異。這次要走到更前面才看得到分班表。想離開最前排的人們和後頭人潮的前進方向相反，使得場面更加擁擠。我在偶爾會受到肘擊的人海中繼續前行。並非隨波逐流，而是主動向前邁進。

這次終於在大大貼在牆上的分班表上找到了我的名字。果然只是隨便看一下，都能馬上找到。我把視線從排在第一個的自己名字往下移動。

接下來才是重頭戲。說今天全是為了這件事也不為過。

我使力睜著想要逃走而視野模糊的雙眼，慢慢低下頭。

周圍的嘈雜聽起來變得漸漸遙遠，相對的，一陣心跳聲充滿耳內。我清晰感受到血液在肌膚底下奔走的黏稠感觸。緊張情緒來到極致，視野一角開始變白。

自己絕不是厲害到會受人稱讚的人。

我不認為自己累積至今的作為，足以換取想要的事物。

或許，我這樣的人祈禱了，也沒有人願意聽進去。
但是——我的雙眼逐漸接近眼前的事實，絕不逃避。
這個世界上有神存在嗎？
有什麼存在能夠聽見我無聲的祈願嗎？
我祈禱著。
我祈求著。
伸長身子，尋找那個名字。

收假時，不管怎麼樣都會遲到啊——我帶著沒怎麼反省的心情走進校門，朝著人潮眾多的方向走去。我差點不小心看到新生的分班表，不過我發現了二年級的人群，於是過去那邊看看。
「喔？」
看到稀奇景象的我，不禁停下腳步。
高高舉起雙手的安達，正和櫻花花瓣一同飛躍著。

後記

雖然現在講有點遲，不過這也是戀愛喜劇。應該說，我寫的作品全是戀愛喜劇。

先不管這種玩笑話了，我認為沒有戀愛要素的作品相當少。

果然就是要愛啊，愛。再加進一個勇氣就完美了。

我已經開始覺得根本不用寫後記也無妨了。

大家好，我是入間人間。

有件跟本篇毫無關係的事情要跟大家說，那就是我在四月時寫了篇要登在《電擊罐頭》上，類似隨筆短文的作品。沒想到後來刊登順序有改過，我就變成第一個了！我在收到試閱後才發現啊。如果早點知道，我就會很興奮地寫說「我是第一個耶，第一個，呀喝——」了。因為機會難得，所以現在來寫一下。

話說，最近附近的店家一個個倒閉了。像是似乎從我懂事時就有的豬排店、喫茶店、中華料理店……全都在今年像是約好一樣倒光光了。雖然這可能是舊時代劃下了句點，但從離別當中感覺到時間的流逝，挺令人感傷的呢。

另外，雖然完全扯不上關係，不過我覺得《沉默的未知》很棒。

沒看過的人請務必看看。

感謝會模仿船梨精的母親，以及不模仿船梨精的父親。

還有，偶爾會把看過的書送我的人（似乎是編輯）過得還好嗎？我不知道。

謝謝各位也購買了這部作品。至於續集……會有嗎？

入間人間

國家圖書館出版品預行編目資料

安達與島村 / 入間人間作 ; 哈泥蛙, 蒼貓譯.
-- 初版. -- 臺北市 : 臺灣角川, 2014.03-
冊 ; 公分
譯自 : 安達としまむら
ISBN 978-986-325-842-1(第1冊 : 平裝). --
ISBN 978-986-366-181-8(第2冊 : 平裝) . --
ISBN 978-986-366-512-0(第3冊 : 平裝)

861.57 103001640

Kadokawa
Fantastic
Novels

安達與島村 3

（原著名：安達としまむら 3）

2015年5月21日 初版第1刷發行
2024年5月27日 初版第9刷發行

作者：入間人間
插畫：のん
日版設計：鎌部善彥
譯者：蒼貓

發行人：台灣角川股份有限公司
總監：呂慧君
總編輯：蔡佩芬
主編：林秀儒
編輯：黎夢萍
設計指導：陳晞叡
美術設計：黃永漢
印務：李明修（主任）、張加恩（主任）、張凱棋、潘尚琪

發行所：台灣角川股份有限公司
地址：104台北市中山區松江路223號3樓
電話：（02）2515-3000
傳真：（02）2515-0033
網址：www.kadokawa.com.tw
劃撥帳戶：台灣角川股份有限公司
劃撥帳號：19487412
法律顧問：有澤法律事務所
製版：巨茂科技印刷有限公司
ISBN：978-986-366-512-0